U0029696

ACRO
POLIS
衛城
出版

ACRO
POLIS
衛城
出版

PA-
RIJ

Éric Faye

巴黎

艾力克·菲耶—著　陳太乙—譯

目次

作者序

「架空歷史」（uchronie）這個詞由哲學家查爾斯・雷諾維葉（Charles Renouvier）於十九世紀末提出之後，一種存在已久的文學種類從此有了名稱。這種文學的內容並不在於想像一個理想社會，藏在某個虛擬地方，或從未來出現；而在於設想，如果歷史在某個特定的時刻，走上另一條不同的道路，致使事件的發展出現「短路」，那麼，這個世界會以何種樣貌呈現。各國政權其實都是善於虛構的偉大「作者」，一直都喜歡竄改歷史，開先河者即為中國第一位皇帝秦始皇。他下令焚毀所有史書，想必是因為那些書讚揚前朝的豐功偉業。歷史與時間應該要從他的時代起算，而且只能從他開始……很久之後，在拿破崙一世的要求之下，畫家大衛在加冕圖上添加了皇帝的母親，但其實她在加冕典禮上缺席。再看看大家較熟知的卡廷大屠殺（Massacre de Katyn）[1]，直到經濟改革重建期（perestroïka），克里姆林宮仍始終嫁禍給德國納粹。無論獨裁與否，當權者常試圖將歷史切分成片段，多多少少，暗中將各種事件移花接木，以顯示我們是多麼仰賴著他們才有美好的今天。只要想想時不時冒出頭來的那些否定主義者（négationnistes）和神創論者（créationnistes）[2]就能明白：重建過去不僅僅是擺脫過去。

作家則明顯地做得更絕。他會將歷史斷章取義，強行插入自己製造出的括弧內容。「時間，是不動永恆之動態影像。」盧梭寫道。時間是作家的首要題材，與文字結合之後，偶爾產生出一種奇怪的合成物，稱之為文學。然而，文學為什麼要固定某段時間範圍，利用「架空歷史」的概念？為什麼要寫下《巴黎》（*Parij*）這部以一九四四年為歷史分歧點的小說，說一個紅軍成功推進到巴黎黎的故事？這部小說初版問世距今已十年，直到現在，我才真的想到這個問題。我努力避免去寫一篇寫實的文字，例如把背景放在一九八八年到一九八九年間的柏林。柏林已經太為人所熟悉，從某方面來看，已被歷史淡化，對一本這樣的小說而言，並不很適當。我先前發表過一篇文章〈最惡實驗室〉（Les Laboratoires du pire），探討極權主義與文學之間的關係，希望用虛構小說的方式，再次探索這個領域。主角應該要是一位知名大作家，或者，說得更確切些：他遺失了手稿。我的想法是去比較，身在分隔兩個文明的圍牆這邊和那邊時，文學各自所扮演的角色。自然而然的，小說進駐人稱「光明之城」的都市，將城市一分為二；而那裡自古以來習慣自由，與所有極權主義唱反調。

弔詭的是，獨裁政權追蹤書寫，試圖駕馭，正因不敢掉以輕心，反而顯得十分尊敬重視。主政當局承認文字之豐功偉業及不可輕忽的威力。幾百公尺之外，圍牆的另一邊，在巴黎的「自由區」，文字書寫引發的反應只比冷漠好一點。文學頂多是眾多消遣之一。以自由之名，人們偶爾會把自由放在某種奇怪的用途上……書寫《巴黎》之時，我發現自己的興趣逐漸遠離獨裁的東城，放棄斯巴達，選擇雅典。中心人物不再真的是大作家莫爾凡，而是負責監視他信件往來的探員諾維爾。很快的，後者將被夾在斯巴達和雅典之間，搖擺不定，難以抉擇。我借用了間諜小說常出現的俗套，刻意把玩，在敘述中處處布下傳聞軼事及「東歐國家」的稗官野史。在官方機構裡與頭號人物交手的莫爾凡，是伊斯梅爾・卡達萊（Ismaïl Kadaré）。[3]當時，在走史達林路線的阿爾巴尼亞，卡達萊正在中央委員會的檔案室找資料，籌寫小說《極度孤寂之冬》（*L'Hiver de la grande solitude*），而且始料未及地認識了恩維爾・霍查（Enver Hodja。）[4]莫爾凡得到諾貝爾獎之後，在東歐國家飽嘗噓聲倒采，則頗有一點鮑里斯・巴斯特納克（Boris Pasternak）[5]的影子。這位作家曾長期遭受大規模毀謗。諸如此類。在今日，這一切宛如二十世紀版的《功勛之歌》（*chanson de geste*）[6]情節。在蘇聯帝國瓦解後十五年，西方吞噬了東方；寫作普遍平庸，書本淪為一種產品，與各種產品無異，這是文學工業化後的必然現象。就這一點而言，一九九六年寫成的《巴黎》，很顯然的，純屬現實。

艾力克・菲耶

二〇一一年十二月

「除了貓以外呢？」

「什麼也沒有。我心想，假如，什麼都不需要，只消一九四四年出現一個戰略上的錯誤，美軍沒被擋在亞丁省並往南撤退，紅軍也不會一路追擊納粹，直到這裡。想像一下……」

PARIJ。來自，烏拉山脈到窩瓦河一帶，歐洲最遠端的士兵們用這個字指稱這座古老城市東北側那半邊。Parij，標示看板上，「j」所代表的西里爾字母，「Ж」，六隻長觸爪遙遙伸展，伸向城市的四面八方，甚或更遠。在貫穿全城的圍牆另一邊，這座城的名稱並不全然相同，僅差一個字母，最後那個。一個子音驅除了六隻觸爪。

時值一場以冷為名的戰爭之末期。

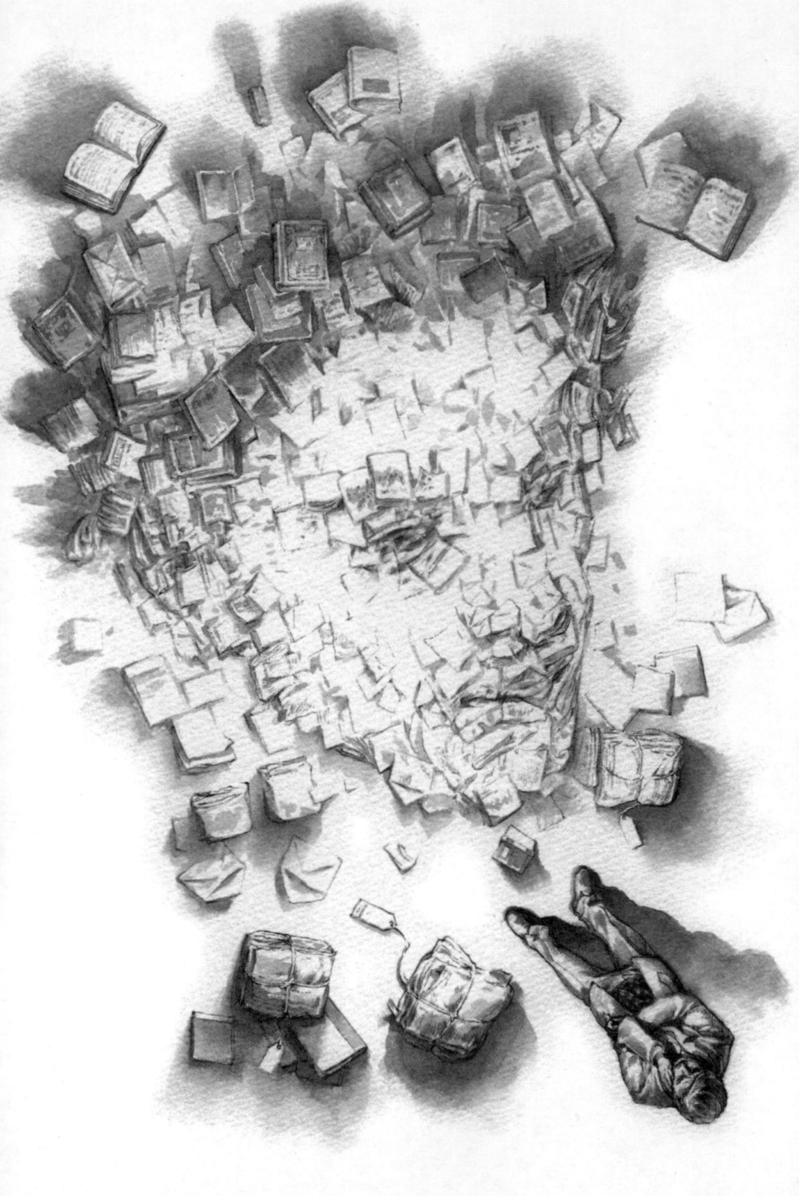

第一部　恐懼喚醒世界

一、

因為暖氣不聽話所以轉而扭開的收音機整晚唸著一串被揭發的陰謀者名單。大道上的商店前方逐漸聚集人群。一輛黑色汽車駛過，是那種菁英分子專用的加長禮車，直到最後，仍供他搭乘。一大清早的，他們趕在日常生活再度展開之前將他驅逐。雨刷啪踏啪踏地大力洗刷，刷去打落在車窗的稀哩嘩啦，讓黑玻璃座艙內透進些許亮光。披著墨色斗篷的機車騎士活像鯊魚，在大雨中殺出一條路。距離立著飛馬雕像的那座橋已很不遠。大作家漠然無感，頂多殘存一絲趕在被逐出之前對這裡留下最後印象的急切。透過車窗玻璃，他看著珍愛的街道、廣場、以及劇院飛逝。車速雖快，他還是成功帶走了幾幅景象：安特衛普廣場入口那張溼答答的長椅，某個陽光燦爛的午後，克拉拉曾坐在那裡等他；半張被撕毀的海報，初秋在雅典娜劇院上演的那齣戲，他們兩人一起去看了，後來幾天還討論了好久。他的心揪痛了一下。在他右側，歌劇院伴隨漆黑的階梯出現。他轉移目光，避開那些巨幅人像，斗大的雨珠如擂鼓般打在上面。車子接下來經過瑪德蓮教堂黑漆漆的廊柱。是哪一個夏日，跟哪個朋友？他曾大大嘲笑這座可悲的仿帕德嫩神廟。那些月那些年的時光在一堆殘垣斷瓦底部激盪，他突然覺得自己彷彿已活了上千歲。而現在，活著令他發冷。現在，在這裡，他們將致力把他抹黑。到了那邊，他又會被極力漂白。**他攝取過剩，導致消化不良！**媒體會寫出這樣的標題。**大文豪文思枯竭！滿腔話語，沉默無言……**羅曼．莫爾凡懷疑自己是否還寫得出一行字。

綴著黃穗的三色紅星旗在小徑盡頭飄揚。遠遠的，莫爾凡在薄霧中辨識出美國旗、英國旗，以及兩者之間沒有紅星的三色旗。圓環邊，禮車在第一個哨兵隊前方停下。一切都被下個不停的大雨淋得溼漉漉。他一手拎一個皮箱，走到檢查站報到，遞上護照。為了讓他通過，他們挪開一長串拒馬，拉手風琴般地捲起鐵絲網。路通了之後，一名副官對他說：「請。」作家走上橋面。在他身後，他們重新架好長排拒馬和刺鐵網。於是，他走了幾步，在兩個世界之間。西邊的瞭望塔臺愈來愈近，前方一名副官的望遠鏡頭內，作家嚴肅的臉孔也愈來愈清晰。走到橋梁中段，未來與過去等距的位置，他停了下來，長嘆一聲，環顧四周。像這樣一眼擁抱兩個世界的機會大概永遠不可能再現。作家有如一個無國籍之人。如果願意，他大可停在這裡，幾天幾夜也無妨。誰阻止得了他？這塊領土不受任何法律約束。放下行李，在此住下，在人行道上寫下反抗標語，等對生存之饑渴又凌駕這一切之上，再繼續往前。

正前方，一道柵欄擡起。薄霧中朦朧顯現一座鬼魅般的形影，最上方罩著一個金色圓頂。「傷兵院……」，他喃喃自語，一陣顫慄。他已多少年未曾如此近看這座圓頂建築？一輛黑色轎車朝他緩緩駛來，到他面前時停下。一名市政人員下車，招呼致意，接過他的行李，請他入後方就座。公務員忽然覺得自己彷彿將一匹特洛伊木馬引入西城，而且，到了晚上，各報章媒體消過毒的專欄裡，這位作家將滲出應受譴責的有害思想。

行駛在西半邊的街道上，這位名聲響亮的叛變者激動不能自已。這難道不是內在心聲之節奏猛然加速的緣故？他剛穿越一章間諜小說情節，出來後，發現一系列不熟悉的色彩，只覺目不暇給。他大口深呼吸，像個孩子似地左看看右看看，觀看他十二年未曾涉足的這個城區。於是，有那麼幾分鐘，他終於將克拉拉的面孔逐出腦海。建物牆面皆乾淨潔白。為了迎接他的到來，城內整修如新。但竟已時隔十二年。

二、

對貝納・諾維爾而言，一切事情都在同一天展開。就在那個星期六，將近中午，他辦公桌上的電話鈴聲大響之時。他緊張兮兮地拿起話筒，但基於某種直覺，差一點又立即掛上。總機對他說：「安全局來電。K上校找您。」

接下來的幾分鐘，面色慘澹如蠟的諾維爾用僅剩的一絲聲音叫了一輛車。他抓起大衣和帽子，連續快步下樓，鑽進車裡。

他急著趕往安全局總部，出發時一陣騷動，結果揚起辦公桌上兩、三頁紙張。

趕死一般被載往城市盡頭的這個男人，他從事的工作是走偏門進入他人的生活。從事這行的可不只他一人。聽他命令行事的手下多如一窩螞蟻。所有離開或進入東城的信件都被審閱，就在這裡。這裡是圍牆這邊最大的閱覽室。每封信被讀過之後就再折回原樣，重新封好。偶爾，涉及違法的句子被手抄在紙上，放入資料夾存檔。當信封沒有重新封好或被撕破，就用紫色墨水蓋上印戳「誤啟」，即可繼續發送。

這是一處安靜的所在，一座郵政海關，坐落於小丘山坡上。諾維爾即在此俯窺城市的祕密。讀倦了的時候，他便微微打開一扇窗。秋光照耀之下的風景真美！美麗城的灰色屋瓦，聖殿的蛋白霜圓頂挺立在那小丘上……澄藍如海的天空令諾維爾安心。從他所在的位置，視野可達共產主義建立在帝國高階上的那道圍牆。感覺上，這道牆起初躊躇不前，在南端迂迴蜿蜒；接著，從托比亞克橋到德比利步橋之間這幾公里，斷然沿河而行，然後朝北大轉彎，經過耶拿廣場，馬克馬洪大道，尼爾大道，維利耶大道，直到古老的阿納托爾·

法朗士街街底再度與河川交會，跨過河面，行經之處將大碗島截了一段。

就在那附近，汽車剛通過一個檢查站，深入一棟錯綜複雜的水泥建築，潛進地下停車場。諾維爾下車。有人示意要他跟著走，腳步倉促匆忙。他不再多想，直接放棄。一個接著一個的，他想過所有假設可能，浮現心頭的是恐懼與驕傲雜陳。能被召來這棟辦公大樓的人極為少數，他不斷這麼告訴自己。而流言應該已傳遍幾個部門。電梯在他和兩名隨行人員身後關上了門。他想起人家是怎麼形容這個地方的：「有些人進去之後，就像進入了古老的金字塔，再也沒出來過；他們要不是融入了那個宇宙，就是已遭吞噬。」但他知道，這個地方也能讓人瞬間飛黃騰達。現在，他既已達陣，得意之情似乎凌駕其餘感受之上，又想起某位被徵召者的例子：塞維耶，去年，他的晉升速度快得難以解釋……

諾維爾走上前。上校穿著便服，面有憂色。所以，在等死室裡赫赫有名的那抹漠然冷笑到哪兒去了呢？諾維爾又恢復了一點信心，不斷告訴自己：「不，他們沒責怪你。你的死期或許還沒到。」而在走向上校K的同時，「或許」這兩個字在他腦海裡清楚凸顯。到目前為止只看得見逆光側臉的上校從窗口轉過頭來，終於注意到來訪之人：「請坐。」粗魯地咳嗽清了幾下喉嚨，然後沉默不語，並不看他。高掛在牆上，頭號人物永垂不朽的年輕相片，高舉拳頭，對民眾慷慨演說，游擊隊員的船形帽斜戴在頭上。那是好久好久以前的事了……反納粹之戰結束至今已過了四十三年……揮舞的拳頭緊握，宛如緊緊握著一把匕首；就在那拳頭旁邊，辦公桌上方的牆面掛著一張全國地圖。那是一個六角形，一條歪扭的紅色對角線從芒什省畫到盧瓦雷省，再從莫爾凡山區連到汝拉山區。他的目光沿這道傷痕望去，心想：究竟是何種武器，竟能傷得這麼深。鋼炮、鐵刺網和地雷造就的傷疤，貫穿森林，田野和沼澤，形成界分兩個世界的長廊。北邊，飛地首都被切成兩座城，為圖方便，簡稱東城與西城。其實說成東北和西南比較正確。

「您能在著火的乾草堆裡找出一根針嗎？諾維爾？」上校打量來訪者，衝著他問。「我需要您的協助，諾維爾！國家需要您。您喜歡文學是嗎？」諾維爾的傲氣瓦解，恐懼確立。

「近幾個月，我的時間不夠，但是，坦白說，讀信的工作……促進某種偏愛長篇文字的習性。」他回答。「有時信件很煩人，不是嗎？當信寫成厚厚一疊的時候，所以，書是有看，對，但不讀小說，噢，不，但我們敬愛的領導人的大作……或……」

「聽我說：今天早上，羅曼．莫爾凡離開了我們。」

諾維爾驚愕過度，坐了下來。他沒忽略這句話中的意思。在東城的術語中，離開不表示死去，而是另一種更痛苦的過程：去城的另一邊。「羅曼．莫爾凡離開了我們。」K上校提高聲調，又說了一次（我有多久沒聽過這個說法了！

諾維爾暗忖）。

「明天早上的廣播會宣布所有細節。在此之前，一個字也別說……」

「當然。」

「跟我們這裡所有的人一樣，您應該終究發現了：這一陣子，有件事不對勁。不需向您多做說明。沒有什麼大不了的，但是……最近幾個月，幾乎到處都出現一些裂痕，外來的支持愈來愈少……而且，該怎麼說才好呢？我們單位不分晝夜地竊聽他們的『脈動儀』；他們錄下社會和政治氣氛最細微的風吹草動。最難以察覺的擺盪。然而，最近，各項指針瘋狂轉動。我承認，起初並不是那麼容易注意得到。然而所有可變電阻感應器都證實確有此事。警方的報告，逮捕和告密案件數皆然。倘若我們不立即介入……您瞭解吧？發下行動令的單位層級頗高，高到您獲准從中看出端倪……一種極為尷尬的徵兆。此事前所未見，就連二十年前也沒發生過。一般來說，只要遵循預估的逮捕額度，就能確保天下太平。但是今年，卻必須加倍執行才夠！」所以，伊菲珍妮雅之死已不能滿足諸神。祂們要求的祭品愈來愈多……[7]「於是，莫爾凡被驅逐……請您過來就是為了這件事，諾維爾。在他離開之前，安全局去他家執行清查任務，發現了一份手稿，隨便哪個牢裡的三流作家都能寫出來的那種，但他可是……那是一篇短文。僅僅百來頁，被我們當著他的面燒掉了。我想說的重點就在這裡。基本上，這份手稿對他來說已經沒有任何用處。根據竊聽私密談話的內容，我們有充分的理由相信，好幾年來，莫爾凡一直著力於另一篇文字，更富野心，更犀利，包羅萬象，用那些人的話說，是一部『全方位小說』。您懂我的意思：是他的畢生心血，在西方眼中視為挽回聲譽之作，把他捧上世界級哲人作家的地位。他們全都懷抱這個美夢。一切引人猜想：先前找到的那份稿子只是……大河乾涸的支流。一個幌子，轉移我們的注意力。不過，您瞭解我們的黨：黨部總喜歡跟敵人針鋒相對。我們決不能掉入莫爾凡的陷阱……在這部巨作中，作家意圖大放異彩，將才華發揮到淋漓盡致，全力與黨及人民作對。更嚴重的是：與我們敬愛的領導本人作對！」上校特別強調最後幾個字。「我們敬愛的領導，」他又緩緩說了一次，等著看諾維爾會有怎樣的憤慨表現。「沒有人知道那份稿子是否真的存在。」上校繼續說。「我們現在的處境就像一名數學家：在尚未觀察到之前就推算出某顆行星。在我們找到證據，證明那是無稽之談以前，只能當作書稿確實存在！我們要盡可能仔細地篩濾整座城，必要的話，擴及全國其他地方亦在所不惜！莫爾凡很清楚，從今而後，他的往返書信都將受到比以往更嚴密地審讀。但這個男人不是普通的狡猾。他在城的這側生活了四十五年，所有試圖跟他作對的都被他將了一軍。現在，輪我們上場了。而您將成為我們非常珍貴的生力軍……不惜任何代價，決不能讓這份稿子流入西城。您明白我的意思嗎？要解釋清楚挺麻煩的……您知道，頭號人物決意不讓這起事件流出……家門外。」

上校轉身面向窗戶，望著窗外被深遠的街道切穿，如波浪般的層層屋頂。時值初冬。各區輪流停電，因此，東城得了個聖誕樹的暱稱。一片黑暗中，K上校的聲音突然再度響起。「那裡，牆的後面，某個地方，有一疊紙稿。但究竟在哪裡……」他凝視不移，諾維爾打了個寒顫。「該您上場了，諾維爾。您必須拿出靈敏的嗅覺，否則，您將大輸特輸。莫爾凡遲早會親自動筆，或透過他人之手，寫下訊息。您必須破解抓出……我會請人帶一份列管收件人的清單給您。記住：無論什麼狡猾的招數都可以……」

當夜，貝納．諾維爾怎麼樣也睡不著。晚上，他的焦慮狂潮猛然高漲，達到警戒水位。彷彿被一種執念催眠似的，他整夜都在替餵也餵不飽的暖爐添煤球。屋外，氣溫驟然下降。諾維爾本來就已經凍僵，現在又感到一陣恐懼的顫慄傳遍全身。他們指派這樣一項包藏劇毒的任務給他，是否故意要逼他走上失敗一途，以便輕而易舉地打垮他？他回想起自己被任命為郵政審查長那一日。三年前那天的醺醺然與飄飄然，如今已消失無蹤。突然間，偷窺癖取得法律效力，他的邪惡與任務混合為一。從那時起，他擁有了大把時間，得以將這起好運視為一場單純的意外，有如一顆隕石，在一顆巨大的彗星穿越之後好幾個才墜落：諾維爾知道，這次升官多虧第六屆全代會勝選派發起的年輕新血運動。這個派系的政敵棄械而逃，但依然強大；他腦中浮現當初那句警告：「遲早有一天，諾維爾，陷阱會在您腳下張開。他們交付給您的一切將導致您的毀滅……」

直到黎明將至，將各種假設與憂懼反覆咀嚼了幾百次，諾維爾才總算朦朧昏睡。就在此時，或幾乎同一個時間，牆邊有一只大燈籠閃亮起來，面朝敵人的方向。在此時刻，霧氣最濃。在黎明到來之前，瞭望塔的警衛人數縮減，僅剩幾名人員，動也不動，一心期盼換班。忽然，一道光束從牆的另一邊投射過來，信號忽長忽短，身經百戰的人一眼就能認出：那代表的是點和線。有人用摩斯密碼在玩棋。騎士們越過地雷區前進，城堡和國王對調了位置。濃霧中，這盤棋染上幾分亞瑟王時期的色彩。互不相識的哨兵重複著使館重要節慶裡才會進行的比武競賽。這天夜裡，有幾名兵卒向前推進，但沒有任何棋子被吃。曙光乍現，即將交班之時，手電筒的燈光打斷了他們的決鬥。不遠處，東城某條斜坡路上，某棟建築的六樓，鬧鐘震響。諾維爾打翻了鬧鐘，邊起床邊咒罵，因為那該死的玩意兒還繼續在響，響個不停，彷彿許久以前就被設定好，宣布某個世界的末日已來臨。

三、

諾維爾從辦公桌擡起頭，桌上的文件和信件愈堆愈多。他要擬一份通知讓祕書速記下來。由於緊張的緣故，他講得很快，她不得不每個句子都請他重複幾遍。諾維爾不確定自己講過的文句，偶爾會漏掉一小段，結果必須重頭開始，撤除雜亂無章的部分，重新講過。總算，過了好一陣子之後，擬出以下這篇文章，打字油印三十份，散發墨水和酒精的氣味：「即日起(日期)，所有寄往西城給以下收件人(列出十二個人名的清單)，或任何夾帶在信件中給收件人以外人士的郵件，都必須個別處理。為協助彼此的工作，務請察覺所有與附錄資料上類似的字跡，立即將所有可疑信件通報給貝納．諾維爾同志，郵政事物部門首長親擬。」

安全部門在上午一早時送來一份莫爾凡的手稿。急於一切傾吐的字跡密密麻麻……擠成一團，就連行句段落都分不清，諾維爾心想。面對這些蠅頭小字，他不知如何是好。頁面上的天地左右留得比一般人多，文字方塊被醒目的空白圈在中央，彷彿被一群惡狼環伺包圍。

「要抓出來很簡單。」他心中思忖。「即使，要處理這所有的信件……無異於海底撈針。」諾維爾的個性本來急於爭論，但這次卻保持懷疑；然而，這項任務完成後的遠景是多麼壯闊迷人！慢慢地將那份手稿中的手稿收進他的網內，昔日，也曾懷抱作家夢想的他……

諾維爾擡眼望向窗外那片屋頂，想到自己的合作夥伴們。他們將在混水中灑下幾十面羅網，即使已偵測到一封可疑的書信……羅網永遠也網不住一份手稿的隻字片語……莫爾凡永遠不會瘋狂到透過郵局來寄這份稿子，就算一張一張分開寄也不可能。然而，諾維爾用孤注一擲的心態看待這件事。上校那派人馬覬覦他的位置，這一點無庸置疑。他突然感到一陣徹骨寒意。別無他法，只能在郵政防線上加強調度查哨，期待有一天……他評估人家把他送進高層禮遇之後再藉故逮捕他需要多少時間。潛伏在心底的焦慮再度大快朵頤，從內心嚙咬，吞噬各種試圖振作的念頭。其中一種想法躲過了焦慮的血盆大口。倘若那份稿件真的存在，那麼，被莫爾凡捨棄的殘稿還有多少？他垂下雙眼，目光落在祕書的肩頭上。第一次，他試著想像她的裸體，卻徒勞無功。

四、

從這個寒冷週日的早晨開始，詛咒驅逐之聲如冰雹般落在莫爾凡這個名字上，針對他的作品和過去猛力抨擊。每一次的廣播新聞如同一場憎恨的連環炮轟。高層指定了獵物，並放出猛犬咬人。人們毫不保留地盡情參與：「布爾喬亞的奴才！」，「走修正主義路線的叛徒！」，「變節者！」一陣惡風掃來，將他寫的書一頁頁翻開，蹧蹋蹂躪。

年輕女子煩躁地伸手關掉收音機。既然連最後一道防線也被世界入侵，她決定乾脆出門去。時間已晚，這個週日，她在床上度過了大半天。冬日的太陽，升至與窗戶平行的高度時，是最無恥的偷窺狂，如今更從屋頂的天窗鑽了進來，輕撫她曲線玲瓏的絕色軀體。趁著一朵雲遮蔽太陽的視線，少婦已套上毛衣和長褲。

不久之後，她通過了位於總部盡頭的檢查站。不需要出示通行證，他們認識她。這是她第一次不為了去排演或趕赴他們偷空得來的匆匆約會而走進這個區塊。

構成此區建築的所有條件卻依舊沒變。中斷了哈維尼翁街的小廣場，方石蓋成的高大樓房和一層層的陽臺，綠意盎然的露臺。冬天的陽光完全照不到女子默默走著的人行道。自消息宣布以後，她便有一種迫切的感覺，非得去「那上面」走一趟不可。她從諾文街走上山丘斜坡，迂迴繞路，最後停在受難十字架廣場。她越過光禿禿的洋槐樹，遠遠的，朝西城眺望。「他現在在那裡呢……」她嘴裡喃喃自語，心中卻並不相信，目光茫然落在一大片光彩絢爛的招牌和那些換上閃亮夜裝的建築物上。

總部區的街道空無一人。她信步而行，首先來到榮譽退休藝術家專區。一輛越野車轟隆隆經過，地面為之震動。往左邊走，她情不自禁地登高幾階，再看一次那條小徑。來到石板通道的高度時，一種呼喚從體內深處沛然湧出。她露出微笑。那是欲望。

女子在一幢披著厚厚藤蔓的大宅前方駐足許久。正面的山形牆上，宛如一個已經無用的求救信號，仍掛著鑄鐵打造的屋名：徒然莊。她感到，在她自身心底，有一丁點怨恨死灰復燃，撩撥古老回憶之火，直到火光熾熱。她重拾階梯，離開霧之小徑，不想在這棟窗扉緊閉的大宅前多加逗留，引人注目。等到有一天，緊張的情勢趨緩，她會在暮色昏暗之時回來，像以前那樣，溜進莫爾凡的宅邸，只為享受置身該處的喜悅。她會在這裡被分派給某個「榮譽退休藝術家」之前回來。她深藏在右邊口袋裡的手緊握著一串鑰匙，但此時此刻並沒有絲毫用處。她會回來的，一定。她會執著手電筒，悄悄下樓到地下室。他們會不會像處理那些無人居住的老房子那樣，把家具和書籍用白布蓋上？沒關係，她會把布幔掀開，靜靜地待上很久，久到一切再現，光景重演，從他們在一次宴會上相遇那一刻起，鉅細靡遺。本來她絕不可能想去接近他：她並非不欣賞他的作品，也不是不想認識他，但莫爾凡那張稜角分明的粗獷面孔令她想到鮑里斯．巴斯特納克；再加上他莊嚴的神情，大作家的頭銜，多少讓想接近他的人保持距離。是他率先行動，過來表達對她的仰慕之意，美妙地顛倒了兩人的角色。「克拉拉．巴寧？真高興能遇見您！好巧！我不到一個月前才聽過您的演出！」據說她當時臉頰瞬間飛紅，與平常的反應很不一樣，以至於好幾個人都注意到了。

妙齡女子沿著朱諾大道向上，越過雷安德莊和那些禁止進入的屋宅。再往前走遠一點之後，她在「瑪奇區」的臺階上坐下。遠處有一扇窗微微敞開，飄出交響曲樂句，彷彿微妙的芬芳。她側耳傾聽，聽出是〈列寧格勒〉這首曲子。從她所在的階梯上望去，視線遠遠深入另一座城的內部。她打了個寒顫。陽光剛才極緩慢地消失，讓人以為自己置身北極天空下。

她無法不去注意那座塔：那麼高，那麼近，那麼光亮又那麼難以觸及，聳立在她正前方，距離僅幾公里。她不禁輕顫，想起自己和莫爾凡在幾個月前，曾一起計劃申請簽證，去牆的那邊共度幾日。幻滅空想！而那座塔，一輛輛電梯，以及來自全世界的遊客，都在塔側爬上爬下，不斷帶她重溫兩人逃亡的美夢。

核心圈人士的別莊就在附近，她感到一陣寒意，決定折返，離開總部區。一大群椋鳥宛如烏雲，遮蔽了山丘上方的天空；應該有好幾千隻。她聽見牠們發出長長的鳴叫聲，飛越各家各戶的屋頂。

五、

貝納．諾維爾被一陣嘈雜弄得心煩意亂，霍然起身，關上窗扉，緊張地拉上窗簾。椋鳥群剛在選中的大樹上落腳棲息。

由於水銀溫度計在一天中掉了好幾格，他又往鍋爐裡添了幾顆煤球，敞著爐門，觀看爐火。火苗起起落落，時間分秒燃盡。他看得心不在焉，只覺得自己隨時可能漂流到任何方向。過了一個鐘頭又一個鐘頭，耐性十足的，他的想法一點一點地築起對抗焦慮的堤防。無論如何，總是回到同一個結論：目前，沒有任何跡象能確指有人對他布下陷阱。真的一點也沒有……火焰逐漸吞噬一分一秒的同時，他在腦中把名單重讀了一遍。這份名單他早已熟記在心，默念出那一個個有點名氣的民間藝術家、大致聽話的作家、然後是莫爾凡的家族成員、黨內幹部，以及一些乍看之下沒有任何意義的名字。每一次重唸清單，他的注意力都會被一個名字干擾：克拉拉，以及一個很俄羅斯的姓氏：巴寧。想必這個女人的母親是法國人，父親是俄國人，他如此推測……根據直覺，或某種類似的感應，他認為，遲早，會出現寄給她的信。同樣的直覺也告訴他，擁有這樣一個名字，搭配這樣一個戰鬥民族的姓氏，她必然不怎麼老，也不怎麼醜。諾維爾安分地當個乖乖的獵物，從容地品味這首為狩獵季開場的序曲。

針對清單上的每個名字，他都請安全局調出一份檔案或一份簡歷：注明職業，與莫爾凡的關係，現在或過去與安全局合作的可能性，失言紕漏的性質。名單上大部分的人應該都只犯了小錯，但一項錯誤後面通常掩飾某種過失，有時甚至包藏罪惡：國家機關即根據這樣的推論制定信念原則，而諾維爾本人也一樣。目前，他尚未收到任何檔案。

他又把那張唱片放在唱盤上。〈列寧格勒交響曲〉的主題再次充斥整個房間，把他的思緒重新拉回莫爾凡身上，彷彿那位俄羅斯姓氏女性的軀體——必然帶有情色意象的——被蕭士塔高維契的沉重嚴肅給嚇得落荒而逃。天寒地凍中，襯著威武的軍樂背景，他反覆低聲唸著那個撲朔迷離的姓氏：莫爾凡……這個姓氏隱含統一的概念，而在這裡，人人都把統一當成應許之地。以這個詞命名的地域[8]則包含比布拉克特，堡壘，以及博夫雷山，所有思路敏捷的人都會聯想到埃杜維部族。在某個年代，這支部落曾向凱撒求援，隨後歸順於大帝麾下。那麼，莫爾凡既代表統一又代表分裂。莫爾凡……諾維爾想像古老山脈綿延不絕的山頭隊伍，幾千年前即停滯不前，針葉樹梢一陣顫動如浪，還有，從中橫劈，形成鐵幕的那道切口……幾個星期以來，未見有何新的理由，但廣播和電視再次齊聲歌頌起統一高調。〈列寧格勒交響曲〉的鼓聲再次掄起，諾維爾飄遠了的思緒忽然想起恐懼永遠不死，只是偶爾故作姿態，暫時退場施粉補妝。於是，他吞了兩顆安眠藥，上床躺下。

六、

這個冬季才剛開始，積雲就將所有雪袋洞開，沒過多久，街車已無法運行。因缺乏零件，前幾個冬天逐批報廢了的剷雪車仍擱置在車庫裡。除了搭乘擁擠的地鐵，別無他法。但諾維爾跟所有高級官員一樣，厭惡在地下通行。他在積了三十公分厚的新雪中整整走了一個小時。路上車輛不多，喘個不停的引擎聲老早預告它們即將駛近。滑冰的人們運用神祕的力氣前進，吹著微弱難辨的口哨超過他。若不是煤炭鋪和「雜貨店」前的排隊人龍，整座城簡直宛如印象派畫家筆下的產物。他越過鐵路上方的天橋，沿著柵欄走，消失在霧中。

一走進辦公室，諾維爾立即燒水泡茶。飽受刺骨寒風殷勤招呼的女祕書接受他的邀請，也喝了一杯。「僅此一次不致養成習慣。」諾維爾勸進。對女祕書說話時，他總用已看開一切的語氣。他偷偷觀察她。已過了幾個星期了呢？她一再推拒他的靦腆攻勢。塞維耶曾幫她取綽號：「紅色母老虎」。

他多希望能在這個時刻找到她感興趣的話題……但他沒這麼做，反而假裝興致勃勃地讀取一位部門顧問的例行報告，他迅速瀏覽冗長的文章，突然有一篇吸引他注意。國家教育部提出一項計畫，打算「以實驗的方式，選幾所機構為樣本，試辦一項文法科目的深度改革，禁止使用條件式」。他不禁幻想起來，看見一句句「如果」遭廢棄不用，落入語言空虛的領域任憑腐朽。選項終將被廢除。在文法中，再也不會有那些該死的十字路口，讓人暈頭轉向，不知該往那個方向。語言又將變回一條直線，帶領小學生一路奔向地平線……正當他胡思亂想之時，辦公室的門突然大開。一名越南送信員進來，放下一大疊便箋和信件，然後甩上門就走。諾維爾試著重拾沒讀完的報告，但電話鈴響起，女祕書同志拿起話筒。幾秒鐘之後，她對他露出一抹神祕的微笑，說：「是二樓打來的。他們發現了可疑的東西。」

諾維爾臉色發白，衝下樓梯，來到一群低頭讀信的實習女祕書之間。「同志！」有人喊他。西城部門的領導——負責所有從城市另一邊寄來的信件——遞給他一封日期為前天的信，從阿雷西亞莊寄出的，收件人是某個叫特里斯坦·艾斯帕尼亞克的人。

「艾斯帕尼亞克……您對這個名字有印象嗎？」

「目前一點印象也沒有。」

「但您找我來就是為了這個？」

「不。我們有很多時間可以確認這位艾斯帕尼亞克的身分，但我想請您注意的是……」

「請說？」

「筆跡。相像的程度令我們困惑……」

自從凱比安上校在辦公室召見他以來，諾維爾首次有了箝制被鬆開的感覺。噢！他深知焦慮的特性就是難以預測。遲早，焦慮不安之感必然再現，如快馬奔騰而至。但就目前而言，作家的用詞遣字從未曾如此令他寬懷。

「您敢確定嗎？」

「就現階段來說，不敢。但我們有強烈的預感……」

「這封信給筆跡專家們看過了嗎？」

不等部門領導回答，他逕自打開信封，攤開唯一的一頁信紙。那是一封簡單扼要的短信。諾維爾闡述一番之後，低聲評論：「我們的代表團之中有一位成員名叫尚，從西城寫信向他的伯父特里斯坦致意。所以，假如真的是莫爾凡，他若不是不把我們放在眼裡，就是在誘導我們去讀出信中的弦外之音，那恐怕是一條假線索。不過，這款筆跡，的確頗不尋常。請您找五樓的專家一起會勘。

艾斯帕尼亞克。克—亞—尼—帕—斯……不，倒著讀也不對。除非……？不。」

諾維爾走回樓上，猶疑不定。他想到宣稱那是假線索後可能惹上什麼麻煩。此時此刻，他願意拿一切交換一個鐘頭的平靜。自從入黨以來，他從來沒有遇過這種情形。

七、

確認結果在午後將盡之時出爐，比預料中早。筆跡專家們正式證實：那些句子的確出自他之手。

至於艾斯帕尼亞克，諾維爾也在午後將盡之時得到新的情報。六點鐘響時，一名下屬敲了辦公室的門，請求面談。

「您請說。」

「他一輩子都以街車駕駛為職業，未曾從事任何政治活動，沒有任何關於他的報告。檔案是空白的，四十年的駕駛生涯沒留下任何紀錄。退休時得到勞工獎章，與莫爾凡沒有任何親屬關係。」

「他退休了？」

「曾經。」

「？」

「艾斯帕尼亞克已在三個月前辭世，壽終正寢，享年八十八歲。」

諾維爾沒留在辦公室拖拖拉拉。或許，今晚他比平時更需要獨處。他把所有資料塞進一只皮公事包，準時下班回家，徒步而行。

暖爐的門微微敞開。諾維爾喜歡觀看爐中的火焰，但這天晚上，他不得安寧……他找出叛徒莫爾凡的信，一而再再而三地讀了又讀。那其中很有可能根本沒藏任何密碼，所表示的就是信上公開寫著的訊息：我很好，藉此建立聯絡管道。跟誰呢？

總而言之，一個採用化名隱身的作家對一個已經死去的人閒話家常。差一點，諾維爾就可以放任自己狂笑一番了；對於他獨自放聲大笑一事，他的鄰居早已司空見慣。一看見莫爾凡寫的那幾行字，他的臉上綻放光采，幾乎激動得臉紅，整個人被一種飄然忘我，酩酊陶醉的感覺霸占。但狂喜之情很快就冷卻下來。有那麼一瞬間，他暗暗懷疑莫爾凡難道不是跟安全局聯手設下陷阱，以扳倒他為目的，他，諾維爾本人。他的理智被某種事物卡住，無法繼續推演。他繞了一圈回到原點，又把思緒拉回信件上，重讀了起來。怪了……一般來說，代表團的成員，假如只有這麼一點事情要跟家人說，都只寫張普通的明信片而已。不過他覺得最奇怪的地方並不在此。在這個訊息裡，另外，還有某樣東西不對勁。然而整封信卻又如此簡單……僅有四句人人每天會說的閒話家常。

諾維爾躺上床，結果打起盹來。到了深夜，他輾轉失眠，又扭亮了床頭燈，不知第幾次地反覆讀那封信。每次閱讀，他的注意力總停駐最後一個句子上：

「希望您的健康好轉，願您耐心靜養，並下定決心接受有效的治療。」對，就是這個……就是這個地方。反常之處十分不起眼，以至於難以察覺：在「耐心」這個詞後面有一個字母被仔細地擦掉了。橡皮擦的痕跡肉眼難辨，透過放大鏡卻一清二楚：消失的字母沒有橫槓也沒有彎鉤。每個人都會寫錯，但有文法之誤與粗心筆誤之別；而信上這個地方，他敢發誓，莫爾凡的心情影響了手寫動作，情感比理智快了一小步，在「耐心」這個字後面，手自動加上了代表陰性的「e」。於是留下一格空缺：因為他檢查重讀的時候把字母擦掉了。莫爾凡習慣用鉛筆書寫，因此應該認為只要仔細用橡皮擦擦除就沒事。諾維爾凝視那個曾消失了的「e」所留下的空格，呆滯許久，彷彿眼前所見的是女人的陰部，對他露出燦爛微笑。

八、

連續兩天，街車都沒有行駛。志願勞動者的鏟子來不及清除所有道路上的積雪，新的命令卻已經頒布：廣播不斷播放，公路僅限黨務用車、軍方以及急救部門的車輛通行；救護車在一塊塊髒黑的雪堆之間呼嘯疾馳。全國其他各處的生活與首都同步，也就是說，動彈不得。在一座瞭望塔的塔頂，一名哨兵站崗凍僵而死。

諾維爾比平日更早起，套上毛氈靴，走進逐漸收尾的幽暗。溼滑結冰的人行道上，陰鬱的人影緩緩前進。溫度計上的水銀柱何時才能止跌？霜雪冰猛，諾維爾雙腳凍得疼痛。他不得不長途步行，直到祛退凍傷的難受。在特勒松街和杏樹街交叉口附近，他推開啟程者咖啡的大門。店裡一點也沒比戶外暖，工人們都擠在吧檯邊，他進來的時候也沒人回頭注意。一杯摻了太多水的烈酒入喉，他隨即出店，左轉進入艾斯帕尼亞克曾居住的小巷。一輛灰色的雪鐵龍前驅車堵住了通道入口。一名老人持著鏟子清除道路，敲響地上的石板，把積雪往街溝裡鏟；敲響石板，鏟除積雪。

足印一路指引到門牌四號的樓房前，在此進進出出。腳印踩得很深，是釘爪鞋留下的痕跡，印痕上的冰雪硬如石頭。應該有一個人或好幾個人曾在下雪前不久來過，大約是前天左右，因為，現在大雪不斷，走過之處已不再殘留足跡。諾維爾推開門，來到一道走廊上。廊道盡頭亮著一盞燈，發出些許微光。起初他並未辨識出那一排信箱；不過，忽略雪地的反光之後，眼睛適應了昏暗微光，他在左手邊的牆柱上發現了它們。十二個信箱上，還有四個貼著名字。他一個個辨識，終於找到T・艾斯帕尼亞克。諾維爾一時想把口袋裡的信拿出來，塞入信箱，然後靜觀其變。但他告誡自己不可如此。這封信必須循正常管道寄達，這樣才能有足夠的時間去連成一張網，而織成的網眼，誰也說不準會是……不過現在幻想還太早。諾維爾已學會不再架構完美的情節。在圍牆這一邊，若要達到氣定神閒的境界，必須想像如何將損失降到最低；必須準備隨時能拋棄的壓載物以應付艱困的時局……如今，諾維爾的人生已與作家的命運結下了不解之緣。好比枯樹與老藤……蠶食，纏繞，至死方休。從這一天起，恐懼宛如一條伏流，在他心中暗暗流動，載著陰鬱的思想和某種奇異的感受：他難以定義，但持續如影隨形的感受。到底是什麼呢？他的好奇心揮之不去。他有時暗忖：把這不知名的感覺保存，孕育，用陰暗的恐懼施肥滋養，其實頗有益處。自從意識到自己冒著多大的危險活在這座城裡後，諾維爾重新開始偏好採取行動。莫爾凡及時將他從愛奴克離開後跌入的混亂泥沼拉了出來。

走道上瀰漫著墓地的肅穆死寂。諾維爾開始上樓，一階一階地往上走。樓梯宛如癱瘓了的風溼病患，唧唧哼哼地響了起來。到了三樓，尋找艾斯帕尼亞克的公寓時，他瞥見一扇門的門軸轉動，應該是有人在他背後微微開了門。他立刻轉身，但門已關上。他撲上去，擂鼓般一陣猛敲。捱了好幾秒後，門開了，出現一個人影。

九、

幾個鐘頭以後，諾維爾指示手下一名探員：「我找您來是為了一件特殊的案子……有一封信，要請您找出真正的收件人的是誰。那是一封從西城寄來的郵件，透過一個廢棄的信箱和冒名，試圖與我們城內某位市民取得聯繫（他的手朝窗戶和外面的屋頂一指）。在這封信的收件人艾斯帕尼亞克背後，也許藏了好幾個不同的人……甚至，去打聽清楚：說不定是寄給整座城的人。住在該地址那棟建築三樓的女房客已向我證實：艾斯帕尼亞克確實已去世，因為是她發現他橫躺的屍體。她全部都告訴我了。那棟建築裡僅剩另外三個居民，全都是老人。棄置的信箱約有十個。有人得知艾斯帕尼亞克已死，於是選用他的信箱當轉運站。我不曉得。被我們攔截的那封信已放回郵務流程處理，即將分送，就在明後天……您到那裡去，埋伏在走道，偵伺動靜。那個地方要藏身很容易，一定能找到某個牆柱可躲。一大早就要在場。跟蹤前來取信的男人或女人。」

那天晚上，諾維爾覺得黑夜比平時更早來臨。山丘上的公園已經張起黑蜘蛛般的大網。山坡周圍，街燈點亮，彷彿為公園戴上一條珍珠項鍊。諾維爾怎麼會忘了呢？因為電力吃緊，街車停駛；公共用電僅限供應大街。城裡悄然寂靜。

他的祕書剛站起身，一面用大衣把自己裹得密不透風，一面向他道別，然後走出辦公室。應該已經傍晚六點了。諾維爾一人獨處，把落地窗打開，嘆了一口氣。刺骨刮人的北風灌進辦公室。當天早晨，在攝氏零下十七度的天候下送到報攤的諷刺報用這條標題自嘲：「冷：我們進入了蘇維埃的社會。」正好相反！諾維爾暗自慶幸。由於近日的酷寒，獨裁專制彷彿退隱在括號中。第九區的履帶拖拉機、推土機，電鑽皆因頑強的永久凍土停擺。噢！讓諾維爾為難的並非獨裁專制本身，因為也多虧這樣的政體，他的追蹤天分才得以施展。更讓他為難，有時甚至使他恐懼的，是這個政體喧嚷不休的活動力。進入冬天以來，獨裁動作相對停滯，他因而得以拖延對安全局報告搜尋成果的時間；換來的則是對方遲交資料檔案。專政獨裁之獸痲木懈怠，看來必須狠踩牠的尾巴才能把牠喚醒。

他倚在窗邊，駐足良久。藍寶石的夜空下，西城燈火輝煌。沿著樓房設置的巨幅霓虹廣告閃爍，面板上，靛藍，朱紅或土耳其藍的光點輪流播放宣傳標語。「西城塗上了口紅，攔道阻街，賣起身來……」諾維爾心想。他從一個抽屜深處拿出雙筒望遠鏡，躲在葉叢後，往西城瞄準。宛如一個找到雙星的幸運天文學家，他很快就辨識出聖許畢斯兩座幾乎一模一樣的塔樓。在城市另一邊所有宗教建築中，就屬此處的燈光最亮。但是，若論優雅，沒有任何東西可與聖艾蒂安那座從童話幻境中升起的鐘樓相比。

在這座石頭、玻璃和水泥築成的世界，地面層的部分，紅色或藍色招牌閃亮，寫著「情趣商店」、「色情中心」，引他好奇。那裡提供什麼樣的幻象？整座西城是否果真如這裡的人們所稱，是一連串的罪惡買賣櫃臺？過了幾分鐘後，諾維爾回到自己暫停的港灣。剛才觀看五光十色的他宛如盯著珠寶店櫥窗猛瞧的乞丐。讚美富人！他們挽著美女走出珠寶精品店，朝他的木缽裡丟一塊金幣！讚美把信寄到西城的人！他們滿足了他偷窺的渴望……再一次，他的目光在東城的街道流連……只見積雪……這些天來，出現一種新型態的蝕相：城市之蝕……半邊陷入漆黑的巴黎呈現出兩種面貌。諾維爾已接受了活在陰暗面的命運。

門板發出碰撞聲響。他沒多加注意，只不過是一陣風罷了。但幾秒鐘後，這陣風拍了拍他的肩膀，挖苦地問：「您這麼喜歡我們的城市呀？同志？這座城遠到您需要用望遠鏡來眺望？」剛才再度把望遠鏡指向西方的諾維爾嚇了一大跳，回過頭去，然後長長地吁了一口氣。「塞維耶！你嚇死我了！這個玩笑可開太大了……」為了讓他放心，另一人從他手中搶過望遠鏡，自己也朝禁區的方向觀看。「第兩百一十條，諾維爾……以望遠鏡或照相機觀察戰略地區當場被逮的現行犯流放五年。」

「但我並不是在觀察圍牆。」

「當然不是。您看的是圍牆後面，說起來，這樣的行為，反而更糟。第兩百三十四條：準備潛逃出境，相當於叛國。終生坐牢……你瘋了，諾維爾，怎麼會把望遠鏡藏在辦公室裡，而且還拿出來用！想像一下，假如現在進來的不是我，而是加沃或羅榭?!他們一心只等抓到你的小辮子！」

「沒有任何法律條文禁止日夜監視鄰國，塞維耶。」諾維爾微笑反駁。

「關上這扇窗吧！冷得受不了了……留下來別走，我們可以聊聊。他們裝的那些小玩意離辦公室那麼遠，什麼也接收不到。我已經發現他們裝設的位置。你看，這裡。」他再度往城市另一邊觀看。「奇怪，」他壓低了聲量又說：「簡直就像是索多瑪已經著火……」他放下望遠鏡，沉默不語。

「你在想什麼？」諾維爾問。

「什麼也沒想，也想著這一切。在光線不足的情況下，不久後，我們將形成一支夜視民族。夜幕低垂之後，貓咪都來向我們問路。」

「除了貓以外呢？」

「什麼也沒有。我心想，假如，什麼都不需要，只消一九四四年出現一個戰略上的錯誤，美軍沒被擋在亞丁省並往南撤退，紅軍也不會一路追擊納粹，直到這裡。想像一下……也許美軍本來能渡越威悉河；也許能跟蘇聯軍隊在奧得河，甚至更深入的位置會師……你能想像嗎?!那麼，我們的城市就仍然是一個未曾分裂的國家首都，命運或許不同……這一切卻沒發生……結果變成這樣。你還年輕，諾維爾。你沒見過通過橋下的平底船。對你來說，河上沒有平底船很正常。但是我，我彷彿還能聽見，聽見拖船的聲響和呼喊。船隻滑過水面，載著又尖又高的沙堆或煤炭，不分季節氣候，而且在船首的位置，總漆寫著女性的名字：瑪歌、加艾勒。現在，我有事要告訴你。」

「你和我，我們本來應該已經出辦公室了。你看：大樓裡已停止供電。」

「那麼，這個給你。是莫爾凡這件案子所需要的檔案。」

「這麼快？」

「什麼這麼快？」

「沒什麼，我說的是積雪。我都已經不太抱希望了……太好了……不過，我懷疑這些信是否真的能引導我們得到什麼，我的意思是，達成目標。」

「目標？」

「抱歉，塞維耶。這件事必須保密。」

他用手指指他的右耳，提醒他附近裝有那些小玩意。然後，就著幽暗的光線，仔細審視檔案文件，卻也僅能朦朧瞥見一些晦暗不明的文字和臉孔。他向塞維耶道謝，並跟他道別。那陣風於是呼嘯而去，一如來時一樣。

十、

那天晚上，儘管人行道上雪堆處處，從小丘公園到他的住處，諾維爾只花了不到半個小時。有種什麼事物逼迫著他。他辛苦地爬上地面結冰的克里斯提昂尼街，直到安德烈·德·薩爾特街，地勢才恢復平坦。他走到街底，經過「木材煤炭批發商」的店後右轉，走上在岩石樹叢圍牆下的臺階，終於到家了。他想撥旺早上的爐火，爐裡卻僅剩灰燼。冷吞噬了一切。他心有不甘，卻也只得添加煤球，犧牲兩塊柴。身子暖和之後，他平靜下來，坐進沙發，拿起那一疊檔案，就著油燈的光線研讀。十一個人。其中有幾個作家，有些大名鼎鼎，有些不那麼有名；有長年老友，還有一名年輕詩人。最後，還有兩個女人。

他把她們的檔案暫擱一邊，等下再好好研究。

他重新細讀其他人的資料。那些作家和友人的司法欄位全部空白。每個人都是黨員。形式雖各有變化，每份檔案卻都回到同樣值得商榷的問題：偏好改革主義，傾向偏差路線，從教義上來說，成分可疑。但總而言之，對社會的危險性有限。某人受城裡執行委員會的某位委員保護，另一人則靠中央委員會的某位祕書照顧。「改革派應該沒有上校那些打手們所想的那麼危險。」他心想。「那些人，他們相信。他們才是主義的真正守護者……他們剷除周圍的雜草，修剪整齊，當成葡萄老藤一般彎扭；到頭來，假如主義不死，其實是多虧了他們……」他繼續讀資料，但注意力受火苗感染，搖擺不定。於是，他拿起最後兩頁紙。首先是母親。各種曲折發展之下，莫爾凡的家人有可能藏匿了幾份手稿。這種情況在戰後幾年已曾出現：某個死在牢裡的通敵作家，叫什麼名字來著……

然後，就是最後這份檔案：克拉拉．巴寧。諾維爾不禁打了個冷顫。低聲念出這個姓名時，他約莫感到一絲微微的放鬆。克拉拉．巴寧。二十八歲。國家愛樂交響樂團小提琴首席。父親是俄國人。檔案上沒有任何汙點，黨員身分，證號60308。住在所謂的「人民音樂家社區」，位於哈維尼翁街街尾。疑似是，或在某段時期曾經是，莫爾凡的情婦，經常在人民的榮譽退休藝術家專區被看見（此處，一名滿腔熱血的公務員以公文辭令補充：「凡發現她在附近出現的日子，莫爾凡的房間皆側錄到特別而細微的女性呻吟。」）諾維爾微笑起來，與熱血公務員心照不宣。克拉拉……

隨後，他放下檔案，同時苦悶地嘆了一口氣。小提琴家，大人物的情婦……哪樣的集中營會造就出熟稔任何音樂的心靈？哪樣的集中營會造就出用一把樂器奏出所有調性，解析層層細微差別的雙手？這個女人從那樣一個男人身上能得到什麼？尖銳的電話鈴響劃破樓下的大雪一心呵護著的幽深寂靜，連樓梯間和小廣場都聽得見。諾維爾拿起話筒，想都沒想，一開口就問：「愛奴克？愛奴克？是妳嗎？……回答我……」但話筒另一端沒人說話。過了一陣子之後，電話掛斷。一種奇特的感覺蔓延他全身，混雜著恐懼與沮喪。自殺的念頭蠢蠢欲動。不，他不想讓黨揹黑鍋。來自內部的這些暗招太多了，他受夠了。然而，自殺的念頭，一如諷刺的想法，反而幫了他。抱持這個意念後，他不再害怕，反而進入嘲世的境界。他微笑起來，自顧自地繼續，輕聲低語：克—拉—拉．巴—寧，一個音節一個音節地拆開來唸。

十一、

「一個男人?!」辦公桌前的諾維爾失聲驚呼。時隔兩日，手下剛向他報告跟蹤的結果。「一個男人?!」驚訝的程度不下於聽到的答案是一隻猴子。

「照片都在這裡。無庸置疑。您看：他從外面進來，沒多久就離開。整體不是非常清楚，但那是一個三、四十歲的男人，在晚上七點半左右去了那裡。」

「然後呢？」

「我跟蹤了他。他搭了地鐵，然後步行，沿著殉道者街往上，直到街底，並在總部門口通過崗哨。」

「您詢問過警衛了嗎？」

「警衛隊……他們是K上校的部下，當時我不想……而就在那個時候，那人擺脫了我的追蹤。好幾部車輛正排隊受檢，等它們一一通過之後……」

「那就去採指紋！」

「已經辦好了。三天後就有答案。」

十二、

接下來的日子裡，好幾封莫爾凡的親筆信最終都送到諾維爾的辦公桌上。每封信都寫給真正的收件人，不再寄給一塊墓碑。作家利用通信的權利，似乎並無隱瞞意圖；同時，每個親手拿過這些信的人都同意，沒有任何一封包藏夾層。每封信皆經過放大鏡審視，影印，影本建檔存留，正本繼續郵件寄送旅程。這些信的收件人中，有幾個熟人，幾個親密的高層人士，他們與作家的友誼早已公開。這些信並未陷任何人於不義，因為莫爾凡已不在這裡礙事。據諾維爾和他的手下部門研判，這些信只是誘餌，目的在於轉移對其他信件的注意力。於是他們又想到那個男人：於某個寒冷夜晚在外遊蕩，伸手探入一隻鬼魂的信箱。奇怪的是，在他被跟蹤的那整段時間，他都沒把信封拆開。諾維爾心中重燃起希望。那人不拆信，或許是因為他沒有讀信的權利，而且很有可能是因為這封信與他無關。所以，諾維爾下定決心，總有一天要終結這場恐懼的跨欄賽跑；而一股暗藏的能量，非常難以察覺，正在遙遠的地方等著推他向前，一鼓作氣，飛越最後一道障礙。

日夜不休的，獨裁專政與其可比五十名達那伊德斯姊妹[9]的各部門恣意傾瀉從地府深處汲取而來的惶惶不安。噢！大地，恐懼……在東城的低地區，一時的春意假象吹拂之下，冰雪已開始融化。但在高地區，半山腰上，大塊積雪未消，而更高的地方，如諾凡街、波札里街、克拉維爾街、卡杜奇街等位於「山稜」線上的道路，昔日磨坊轉動之處，依然是一片銀白世界。每到星期日，青春洋溢的年輕人們來到這裡，在次要小街和階梯坡道上越野滑雪。遠方山丘上，純白無瑕的宗座聖殿宛如一尊巨大的雪人聳立，擎著一座鐘樓當掃帚。雪橇從這裡衝下，在那裡彈起，一輛又一輛，衝下，彈起。

就是這樣的一個冬日裡，指紋之謎揭曉。得知那是某個名叫納湯尼埃·達西斯的人，三十七歲，住在臺地街十二號之一，諾維爾神色木然。不過，當他拿起報告，試圖瞭解一點這名神祕的聯絡人時，發現那人負責監控城內所有藝術巡迴演出。他打了個冷顫，卻不太知道顫抖的原因。他熟悉這些喚醒他注意的警訊，並不至於過分激動。如果非得發生什麼荒唐的事情不可，只需等他目前混亂的直覺恢復，稍後自然會揭示。回家以前，他在商店街流連，假裝在乏味的櫥窗裡物色什麼。那個達西斯，口袋裡裝著信，來總部區打算做什麼？畢竟他並不住在這裡。而當時他想把信交給誰？又是誰給他的通行證？「現在我來到受難之路的第二站。」諾維爾心想。劇情在他腦中展開。那個達西斯，他把信帶到了那上面，去了雷安德莊還是朱諾大道？把信交給了哪一位部長，或哪一位委員會祕書長？「我究竟捅到了哪個馬蜂窩……？」被K上校的政敵私下稱為維辛斯基的內政部長出現在他腦海。不，不會是他……莫爾凡跟維辛斯基聯手搞垮他，諾維爾，兩派鬥爭中的一顆小棋子。廢物！連一份手稿也找不到的廢物……找不到一綑紙稿的廢人都被判處幾年的集中營勞役？急陡坡加上結凍的硬雪地，他走得氣喘吁吁。「莫爾凡和維辛斯基簽了密約結盟……」他逐漸相信整個國家都立誓要鬥垮他。

諾維爾花了不少時間才把目光從空空如也的櫥窗移開。他繼續路程，從高架捷運下方經過，沿著蘇菲亞街往上。剛關上門，恐懼再度全面復甦。他心中的恐懼耐性十足，有如暗暗沖毀堤防的波浪，繼續攻占峭壁。他燒水洗澡，脫掉衣服，全身發抖。這時他照了鏡子。「我真醜！又蒼白又消瘦……」然而這是例行之事，他可不能失了體面。在等待愛奴克的每個時刻，他必須做好萬全準備，打扮光鮮，衣物上漿，因為她會回來的。他從空罐中挖出殘留的髮蠟，修剪指甲，重新在鏡中與自己的臉照面。

長久以來，貝納．諾維爾一直在等著步入四十歲，純粹出自好奇。從三十二或三十三歲起，他就癡癡地期盼，耐著性子，耽溺陶醉。他想像四十多歲這段時期會是他人生的高峰。到了這個歲數，午餐後可在露天座位上喝杯咖啡，享受正午的陽光。白日顯得還很長……而現在，他的四十歲就在眼前，在鏡子裡，看著他。他不敢相信自己的眼睛。原來是這樣！彷彿現在才二十五歲似的，他在時光另一端，發現自己以後會變成的那個人。四十多歲的樣貌並不似以往設想的那麼可憎，正好相反。如同某些富含單寧酸的紅酒，他屬於那種愈老愈醇的男人。「也許還不到絕望的地步。」他心想，不確定自己指的究竟是疲累的面容還是調查手稿之事。正當他打算低聲重複這幾個字時，忽然靈光一閃。他裸著身子走出浴室，拿起跟蹤達西斯的那份報告，腦子裡同時回想克拉拉．巴寧的檔案。怎麼沒有早點想到其中的關聯呢？他打著哆嗦，雀躍不已。達西斯與小提琴家受聘於同一個機構，分屬兩個部門：他負責安排演出與巡迴，她則是樂團首席……由此可推測，莫爾凡—艾斯帕尼亞克—達西斯這條關係鍊的盡頭就是小提琴家……只差一步，如近日在人行道上做過許多次的，跨出猶疑的一小步。諾維爾遁入大衣中，一杯蘋果白蘭地入喉。他坐下來，任酒精在體內燃燒。電光石火的剎那間，他有了關於未來的確切記憶。烈酒解放了他格外敏銳的清醒頭腦。好幾天以來，這是第一次，他窺見到地平線外的世界。

巴寧。他提高音量，大聲重複巴寧兩個字，唸了好幾次。這個姓氏聽起來如飄揚的旌旗一般響亮。為了某些他難以釐清的原因，但多半出自謹慎，莫爾凡在離開之前已與她約定好，透過這曲折的管道連繫。被擦掉的那個代表陰性字母「e」完全清晰起來。他灌下第二杯酒。醒醒吧！事情不可能這麼簡單……那只是眾多閥門中的一道，通過之後，信件仍將繼續在城內穿梭，朝某個收件人航行前進。那人的存在僅有一個理由：讓諾維爾發瘋。不過，此時此刻，可以的話，他真想讓整座城停下，到處安插特務，追蹤所有線索，證明他的決心。不！別想如此輕而易舉地整垮他！他的個人檔案上沒有任何汙點，可逮捕他的動機尚未出現。他把這項任務視為一場競試，他會熬過所有壓力，撐下去，並在最重要的面試當天，在檢察官們驚愕的目光之下，把找到的手稿放在桌上，就算是根據零碎的段落重組也好，或者，必要的話，把自己化身為莫爾凡，親手書寫。

十三、

兩天之後。新的一年即將開始。諾維爾重讀克拉拉·巴寧的檔案。總而言之，這條路暢通無阻。她的確有個守護天使位居高層，但這一陣子，那位天使很忙，忙著確保自己在機關裡還能擁有一席之地……一份資料從辦公桌掉落，散出幾份剪報。他們替他蒐集了莫爾凡被放逐之後的相關報導和評論。作家的照片比比皆是，看見他的身影，諾維爾心中某條神祕的弦觸動了一下。基於聯想作用，他的思緒又回到年輕女子身上。「說不定我插手干涉了……」但他沒能想出個所以然來。幾天以來都是這樣，念頭才剛萌生，立刻就被流沙淹沒……「假如我們證實K所懷疑的是……那他可要大吃一驚……」他的嘴角差一點揚起微笑。但遲早有一天他必須對上校當面報告，長官的形貌突然浮現眼前，令他臉色發白。他，諾維爾，輪不到他因為一時熱誠衝動，後知後覺的，證明安全部門的決議有憑有據。在他面前，辦公桌上，他把克拉拉．巴寧的臉孔擺在顯眼的位置。今天上午快結束時，安全局把各嫌疑通信人的照片送來給他，以備下令追蹤之所需。他也拿到了他們的字跡樣本。這些影本已分送至各部門。

克拉拉．B……諾維爾沒想到會發現這樣一張臉。在拿到她的照片那一瞬間，他從頭到腳一陣輕顫，感動地記起自己還活著。許久以來，頭一回，他因活著而驕傲。這張臉令他想到自己、家人和幾個好友。在那一刻，他們全都站在他身後，告訴他：「你出生到這個世上就是為了這個！」然後，所有人指著克拉拉．巴寧……現在，他憶起曾在距離這裡很遠的地方見過類似的長相；那是在高加索山區，切爾克斯族的女性身上。這朵璀璨漂亮的花兒應該是在歐亞交界的山稜上長大的。她真的二十八歲？戶政單位的洞察力無庸置疑，但看著這張黑白照片，會以為面對的是一顆燦爛明星，影像早在久遠以前就傳送出來。諾維爾覺得與她相隔了好幾光年。他露出微笑……在這樣的冬夜裡觀看城市的東北半邊，光年這兩個字的組合徒增惆悵。電力短缺的程度嚴重，不久之後，就連城市上空的星子也將停止閃爍。他們陷落距離一切好幾暗年之處，困在黑帝士國度的最底層。自從愛奴克離開後，唯一能提振諾維爾精神的，是權力，是萬能的黨，大家暱稱為「章魚」的黨；章魚，許多人用來比喻城市名的最後一個字母，西里爾字母的寫法：Ж。

諾維爾把注意力拉回到小提琴家的照片。在男人初次見到一個女人的臉孔的那一瞬間，究竟發生了什麼？每在出神地回想種種初次照面的經驗時，他總在心裡自問，不知問了多少次。亞當遇見夏娃時是什麼感覺？他心想，一大批感受同時發送處理，在大腦的某實驗室進行分析……諾維爾很希望在死去之前能明白：這座實驗室為何下令將路徑指向某個女人，而非另一個更可人，更適合共度一生的女性。他真希望能瞭解，在十六歲、二十歲或三十歲的時候所做的某項決定根據的是什麼，憑哪樣的髮絲判斷。因為，無論如何，總需要一根頭髮，金黃的，紅棕的，或捲曲的。

諾維爾脫下他的紅星軍帽，右手插入他的一頭黑髮。他始終盯著那張照片。是誰拍的？哪天拍的？按下快門時，那人對這個年輕女子說了什麼，讓她綻放這樣的笑容。諾維爾領悟到自己的「大腦實驗室」做出了裁決。倒帶重來已太遲。某些照片永遠不該看。或許，也永遠不該拍。一時之間，他但願這張影像若是古老破舊該有多好。

十四、

哪裡來的太空塵埃，是哪些從虛無中冒出的小行星作祟，讓陽光穿越嚴寒照射到地球時變得如此微弱？永無止盡的風暴搖撼大氣層高空，殘骸灑落地面，還有些許渣屑打在人們身上……整座城內又開始下雪。雪花狂舞，被陣陣強風刮起，不知怎的不巧碰了釘子，反朝天空拋出；大雪牢附在門窗緊閉的住屋和鐘樓上，然後又被上升氣流一把抓住，帶往高空。

有人在諾維爾桌上擺了一封克拉拉署名的信，寫給一個叫尚．馬林的人，住在塞凡多尼街，城牆的另一邊。他重讀這封信，拿不定主意。尚．馬林……信裡的語氣持平，謹慎。至於字跡，毫無疑問，是巴寧親筆所寫。只要把「馬林」

換成「莫爾凡」，就能打開信中多道祕密暗門。說不定，他參與了一段書信交往的誕生……這種關係會把他帶往哪裡？他俯首湊近信紙，仔細觀察每個字，彷彿觀察細胞培養，期待某種事態終將揭示。長著一雙杏眼的祕書看他沉思了好幾分鐘，然後拿起電話。他用專橫的語氣要求五樓一位負責人立刻下來。諾維爾的嘴角揚起許久未見的微笑。那人報到，瀏覽那封信。在這內容和諧的信件後方已遠遠傳來一個冷酷的聲音，指示他：「請您把第二頁依樣重抄一份。需要多少時間都可以，但一定要完美無缺。在簽名之後，加上『親筆』二字，並附注『我們就用這個管道繼續吧！一位在郵件監控部門的高層朋友對我網開一面。我應該跟你提過他，記得嗎？他下了指令，我們的信一律交給他——而且只交給他。大可對他完全放心。』或者應該，不，把『完全』刪掉，只寫『放心』就好。『大可對他放心』。這樣就夠了。在『放心』下方畫線強調。然後，完成之後，把信交還給我。必要的話，會請您重寫，直到筆跡模仿得完美無缺為止。」

十五、

「今天早上，在塞凡多尼街，收到克拉拉的第一封信。她確實收到我的訊息了。什麼？來自高層的保護者？以後我們可以沒有顧忌地盡情對話……克拉拉去了『徒然莊』好幾次。白雪下的『徒然莊』宛如童話世界。克拉拉沿著霧之小徑前行，足印在後靜靜跟隨。這一切真有可能嗎？難道他們在『徒然莊』上貼了封條？我的名字也被封鎖？在城的另一邊，我的書在圖書館和書店裡被完全消失。幸運的是，我的朋友們似乎沒有受到警方糾纏。該這麼說：我被強制驅逐這件事不但沒讓他們遭受池魚之殃，反而給了他們更多空間，讓他們更加自在，就像鱒魚被放到比較大的池子後就長得更大……」

感覺上，比起對面，這裡的冬天沒那麼嚴寒。用望遠鏡看過去，小丘的山坡和屋頂上顯然仍撲著雪粉。的確，這裡的位置比較南邊，也相對偏西。陣陣海上來的氣流吹入街角，輕拂廣場。

「昨夜，我夢見這座城市覆蓋了整個地球。當夜幕降臨東郊，白晝即在西邊升起；一大清早，當工人們從龐坦湧入，城西的繁華地段忙著接待上流名士晚餐。上午，克拉拉搭上街車時，我正把晚間的賓客送到門口。在她回到世界時睡覺，在她沉睡時寫作……

我沿著圍牆區朝莫貝爾廣場走。在一條漫漫長街的盡頭，聖殿忽然顯現，雜草中的哥德式建築，在無人之境兀自荒蕪。煙霧與神祕盤據禁地之島。杜布勒橋禁止通行。以前，開車過橋只需多少秒？徒步又要幾分鐘呢？還有誰會冒險進入中殿下方，遮簾布幔完好如初的地穴？誰會冒險登上西堤島地鐵站的月臺？滴水怪、蛇髮妖和葛里芬獸在高處守衛著教堂陰暗的袖廊以及兩座尖塔。

這兩座塔分別位於從瞭望塔延伸出的等距線盡頭，靜觀死囚之牢，看一場無止盡的搶位爭奪戰。而在稍遠處，我曾見荒無人煙的瓦爾嘉朗廣場，國王銅像高聳在動不動就炸死一隻流浪狗的地雷區中央。在一條連結對岸之路的盡頭，我撞上了城牆。而我不得不承認：這道牆為我而築起，為我帶來衰敗與祝福。這時，一股恐懼油然而生，揮之不去：若有一天高牆倒下……」

下午五點三十分。莫爾凡從冥思中醒來，付清咖啡錢。有一名記者和一位攝影師，宛如連體嬰般的兩人，應該守在他家門口等候。他一點也不急著見他們。他們要問什麼問題，他早已知道。這邊也一樣，記者們都像鸚鵡。我漸漸能背出十二來個酸酸甜甜的問題，被拿來當作誘拐小孩時哄騙用的糖果似地問我。他們怎麼還沒對我虛假的回答感到厭煩？我知道要怎麼告訴他們：「相信我，虛張聲勢沒有用。對面的政體將自行垮臺。那些暴君都在自掘墳墓。我並不想帶領什麼十字軍東征。遲早有一天，或許再過兩年或許二十年，我們的城市將不再被這場歷史的意外癱瘓。城中的橋梁都將恢復用途。傷痕將被抹除。」

「何時？」

「我不是預言家。不過，記得沒錯的話，杜思妥也夫斯基曾這麼說：『美必將拯救世界』。」

然後，城裡有個晚宴等著他，或許會演變成微醺一場。他將展現適度的諷刺與幽默，不忘採用適當的語氣，引人注目的機智俏皮。回家後，他會寫信給克拉拉，那是為離開所進貢的代價；愛戀的狂熱，對抗她的狂熱，總在一天結束，再次獨處之時，達到巔峰。

莫爾凡在夜幕低垂之後出門，沿著一座噴泉水聲嘩啦作響的公園鐵欄杆前行，越過被車輛堵得水洩不通的大道。下起雨來了。書店一間間關門，只剩速食店還在街角亮著，招牌的霓虹燈穿破幽暗。作家斜插轉入側街。為什麼他再也無法忍受城市的亮光？是否害怕光線如同扔進井中測量深度的火把，照亮他的心靈，並突然照見靈魂離他已遠？現在，置身於縱橫交錯的石板小路及緩坡上，他平靜下來了。這裡是這座城內最具「布拉格」風的區塊，莫爾凡心想。馬勒伯朗士街。聖雅各圳街，洛蒙街，鐵鍋街。他曾在哪個世紀活在這座古城？目的地到了。

莫爾凡被塞滿肉食，美酒，奶油醬汁，飽嚐阿諛奉承和傳聞軼事。他只覺渾噩迷糊，麻木癡傻。然而，就在這種時刻，書寫的欲望達到高潮。因為他恍然大悟：要永遠擱下紙筆，任自己成為被各種讚美射得千瘡百孔的破船，隨波逐流，有多麼容易。苟延殘喘，他心想。對我的作品而言，誰才是最危險的威脅？是她？還是政權？克拉拉曾說她會主動來找我，是因為我的風格，因為那些書，以及書裡處處充斥著的，文句的暴力。她說：「像被鞭子抽打。」

「我愛慕你，好愛慕你……」但那些鞭打令她痛苦，「那些句子宛如另一種生命精力」，她說，「熱情的動力」，她又說。「對一個模仿戀愛，並猛然領悟那個形同知己的對方也在模仿的女人來說，這一切難以忍受。」啊！都是妳，差一點就讓我愛上了那養尊處優，榮華富貴的生活！早晨古龍水，晚上西裝領帶開胃小點心！想過榮華富貴的人生，美女熱情的人生，就不得不立刻放棄其他的一切。寫作是妳的情敵……妳的熱情如此猛烈又如此頑強，以至於有一天我懷疑會不會是哪派有力陣營把妳送到我的床上，目的在澆熄我對寫作的熱愛，用火熱的擁抱來取代。這個念頭是怎麼鑽進我腦裡的？應該是我們交往初期的事了。我想起某個晚上：那是作家塞拉諾大使作東的一場晚餐。我答應了他的邀請，並提議找妳來加入我們。因為有兩名作家在場，所以妳很「亢奮」？一整個晚上妳什麼也沒說：僅回答了幾個低調的問題，然後，一杯接著一杯，我們掉入一位迷人調查員的陷阱。當時只有我們三人，沒有其他人聽見。

我們在拉丁美洲領地裡用餐，我的朋友塞拉諾是使館的最高主管。妳開玩笑地比較我們兩人：來自不同世界的兩個作家……一切大概都出自我多疑的天性，但我覺得妳似乎問得愈來愈仔細，而且直接針對我而來。塞拉諾看得津津有味，維持事不關己的態度，冷眼旁觀。「作家會不會培養祕密？他都怎麼做？鎖在內心的哪個保險箱？一個藝術家是否在本質上必然要與世界斷絕關係？」妳那些文學院學生的問題背後藏著什麼動機？「你是一頭司芬克斯，羅曼。即使是我，也猜不透你所有的想法……」妳對我這麼說了好幾次。那次晚餐結束後，妳不想回家。「我丈夫已經睡了，他大可以繼續自己一個人睡。」我們一起回了徒然莊。我心中的寫作之火被令人窒息的擁抱熄滅。也許極權政體驅逐我反而是拯救了我。

現在我回到家了。我想給妳寫信，克拉拉。就用白天想到的這個句子起頭吧：**我喜歡這條橫越城市繃緊的弦被風振動時所發出的聲響……**

十六、

「被風振動時……」三天後，諾維爾試圖破解這個句子，深信其中藏有密碼。這優美的文筆背後，一定有隱喻，暗指上個星期發生的那件事。媒體並未報導，但大家都知道。在解凍加上雨水共同作用之下，圍牆出現一小塊（兩到三公尺）崩塌。而且塌得很難看，倒不如說是扭曲變形了。「回想起二十八年前那個夏季中的某一天，這座牆是以多快的速度，在跟官方演講一樣冷硬的土地上建造起來的，也就不足為奇了。」塞維耶曾這麼說。「去調查清楚這個作家究竟有什麼預謀。」諾維爾回應女祕書。她猜想這封信就是被刻意攔下以轉往上級機關。「或許您說的有理，我應該跟安全局討論。」他又說。「同志？您聽見了嗎？」

「聽見了。」一個慵懶的聲音答話。她擡起美麗的綠眼睛，露出一張既端正又嚴肅的臉。諾維爾決定延後告白，這件事他希望能在局勢較好的時候對她做。「好，我會再想想。您約莫是對的……」他說。「總之，他們應該遲早會叫我過去，要我報告清楚……」這些說詞一股腦地湧上來，幾秒鐘後，宛如急轉彎時從拖車裡搖晃出來的水果，紛紛跌落。說出這些話時，他感到自己十分猶豫。這猶豫可能要他的命，他並不是不知道。先前已有多少人，突然有一天遭到審問，就因為曾經顯露一絲猶豫？在那一瞬間，他眼前浮現一張張榮譽榜，照片上的人，依成績高低，或露出笑容或一臉嚴肅。畫面最下方，降級者們，恥辱部門。

這條橫越城市繃緊的弦被風振動時。雖不甘願，但這些文字讀來合理，不愧出自優秀作家之筆。接下來，莫爾凡在信中暢談自己的西城生活。語氣相對自由。所以，一切似乎奏效了……諾維爾不禁惶惶不安。他心底有個部分認為立刻去向安全局報告比較好，但手中握有的資訊太少……而且……啊！幾年前那個時期，他還輕輕捧著作家夢，並在愛奴克的建議下買了一本莫爾凡的書，要是那時能知道這一切多好。是哪一本書？一本青少年小說。帶他認識作家的那部作品。後來，他也讀了讓他成為諾貝爾獎得主的那部代表作。當時，莫爾凡與政府之間沒有任何問題。評論對他的書並不特別溫和，但大家都知道書評滿是無謂的教條主義。諾貝爾獎的消息宣布後，迎來一段短暫的躊躇和尷尬。莫爾凡花了很久的時間才接受。然後，評論蜂擁而來：「別去斯德哥爾摩！別接受布爾喬亞給的小甜頭！」黨留在暗處，但無所不在，一下子拒絕，一下子又發給他去瑞典的簽證。事情的內幕沒人摸得透。究竟是透過了制度中的哪種神祕運作，讓莫爾凡最終得以前去領獎，並甘願屈就自我批鬥？

諾維爾覺得身上的力氣棄他而去。他向焦慮投降。這一切，儘管他做出了選擇，義無反顧地投入，仍沉重得難以負荷。他為什麼要買莫爾凡的書？為什麼要讀那些書？他顫抖地拿起作家的信，重讀關於他母親那個段落，老人家還留在圍牆這邊。「她的生命想必會在我回去前熄滅，宛如缺氧的殘燭。」

十七、

如果有回去的一天，莫爾凡心想。在驅逐出境那天早晨，他只獲准帶隨身衣物。紀念物品或照片，全部禁止。日子一天天過去，他必須努力不懈，才能完好無缺地保有克拉拉的容貌和萬種風情。啊！要是他會憑記憶作畫該有多好……大部分的時候，她的倩影總在相同的視角下回到他的腦海：就在那裡，光裸著身子，然後，雙眼微閉，下巴在半空中點動，那不甘受騙的人兒嘴角揚起微笑。多少次，她弓起的腰腹撩旺他的官能快感？克拉拉不在，他並不感到苦惱折磨；對工作的熱情反而旺盛倍增。他縮短聚會時間，回到住所，一鼓作氣地寫下紀錄，重新湊齊回憶。彷彿上帝在檔案迷宮中尋覓失落天堂的藍圖。然而，自從流放那天起，莫爾凡就不再寫作。他開闢了一座挖掘場。從滿篇刪改的張張紙頁上，他究竟想找出什麼？有些日子，什麼也回想不起來。他必須透過傳統的程序來刺激記憶──音樂，香水──或聚精會神，專注於某一點，靜候回憶再現。

他到底想重新抄記什麼？莫爾凡為某種失明症狀苦惱，並擔心病情愈來愈糟。等著被重建出來的那七十七章在哪裡？只要一觸及過去，他就只能隱約窺見模糊的身影。有時候，天空偶現裂縫。趁著這些放晴的時刻，他辨識出線條，句子，格式，並根據解謎線索，標記在段落結尾處。然後，天色又黯淡下來，雲霧籠罩瀰漫。莫爾凡重讀剛才從遺忘深淵搶救出來的記事，內容少之又少，淺淡蒼茫。一切都像仿作，附屬品，就連那些一字不差的句子也不例外。

十八、

一大清早，一輛安全局的灰色汽車到辦公室來接諾維爾。匆忙之間，他忘了戴上紅星軍帽。這遺漏疏失使他更加不安。他不得不命令司機掉頭。「別拖延太久，我們會遲到。」

半個小時之後，他前額頂著紅星標誌，顫抖著，與K上校見面。「我不懂您為何始終沉默，諾維爾。」他……怒氣沖沖。「您知道，我們對您的援助寄予厚望。日子一天天過去，您進行到哪裡了？有什麼成果？」上校的聲音懸在萬丈高崖邊緣，氣氛為之凍結。那語氣令人想到誰？諾維爾的每一句都可能引他失足，而沉默的每一刻亦然。「大致上，」他開口：「信件往來的分析持續進展……

目前，我們尚未得到任何稱得上線索的訊息。需要時間。這個案子，為求調查無誤，仔細監讀追蹤每封信，或許需要好幾個月。而說不定，搜尋到最後，結果什麼也沒有。那份手稿……」

「好幾個月，好幾個月……莫爾凡寫信給誰？從誰那裡收到信？您應該沒攔下任何信，對吧？他的所有信都寄得到才對！」

在那一瞬間，諾維爾的腦海中浮現一名切爾克斯棕髮女子的臉孔，以及身分證照上沒有顯露，但肯定存在的其他部位。他想像小提琴家忍受幾個小時的漫長審問，雙手反綁，一天僅解開一兩次，讓她去上茅坑。克拉拉．B，蜷縮在潮溼，狹小，腐臭的牢房裡。還有其他的一切。死亡，或一場嚴重的風寒，可能一個高興或一個不高興就來敲門；或是一隻隻大老鼠，有的從門下的縫隙，有的從門上的縫隙，想盡辦法鑽進來……不！他一時不知道該如何繼續，隨口說：「他寫給名單上的好幾個人。不過，您知道，那份手稿或許……。我們需要好幾年，好幾個五年，才能確認它究竟存在或不存在……」

「您根本沒懂！」K上校打斷他。「別再裝傻了……那份手稿確實存在，您明明知道！我不是要您拿出科學根據，或用定理證明，混蛋！而是交出線索找到它！」說著，他轉身朝向城市：「就在那裡面！在那個塞滿陰謀家的糞坑裡！而萬一它真的不存在，很簡單，那我們就把它寫出來！」

十九、

就在K上校咆哮的同時，城市的另一端，莫爾凡全身一陣緩長的輕顫：他的記憶微微敞開，回憶從缺口蜂擁而出。他抓過速記本，記錄下來。一切無比清晰。他剛找回第三章和第四章之間闕漏的環節……頑固地抵擋了好幾天之後，一道主要的鎖驟然解開。他暫時得到解放，當晚便著手寫信，寫給那些留在圍牆後的友人；他一直沒給他們消息。

對諾維爾來說，這些信裡沒有一封能引起他絲毫興趣。久未謀面的朋友，流放在外的母親，凍結在某個遙遠的次級省政府的兄弟。不過，一個星期之後，他另外清點出好幾封寫給克拉拉・巴寧的動人書信，然而，這之中也沒有任何一封透露蛛絲馬跡。乏味的日子一天接著一天，累積了幾個星期。幾年以來，圍牆兩邊的政治緊繃度始終低迷，這下終於升高了一個刻度。哪派好戰集團能從中得利？交流日漸稀少罕見。從許久以前開始，以私人名義，與對面的用戶通電話，早已是癡心妄想。由於到了某些季節，節慶歌曲又再唱起，宣傳隊不知受到了什麼激勵，唱得更加大聲賣力，愈發傲慢狂妄。「統一……」這個字眼又回來了……「他們到底在期待什麼？」莫爾凡怒吼：「讓西城的工人團結一心，起而進攻證交所和萬神殿，一旦完成任務，把西城各機構的鑰匙都拋過圍牆送過來？暴君究竟在做什麼夢？」

春天遲遲不來。烏雲灰暗沉重好比齊柏林飛船，低掠城市上空，在地勢較高之處灑下雪花。三月的第一個星期，煤炭嚴重短缺，更凸顯冬季永無止盡的感覺。諾維爾讀了幾十封信，大部分與莫爾凡的信件往來完全無關。他成了郵寄人間痛苦的轉運站。但是，當莫爾凡的筆跡在一疊信封中出現，諾維爾瞬間找回赤子之心。一封給巴寧的信！喜悅之情立即使他忘記所有正在進行的調查，各種光榮的任務。諾維爾拆開信封，從這扇小窗進入另一種生活。

漸漸的，諾維爾看出莫爾凡脫下了大作家的外袍。他對情婦宣稱他不再接受任何訪談，對那些「鸚鵡」感到厭倦。莫爾凡不敵疲累，覺得自己違規越線：攝影鏡頭再也捕捉不到他的身影，除了少數幾個特定的圈子，一概不再現身。著作已入經典殿堂的這個男人宛如死了，正在成為傳說。在東城，對許多人來說，他已變成幽靈；對另外某些人來說，例如在安全局，他被歸為手稿人。

於是展開了詭異的幾個星期。某種事物醞釀發酵。在給小提琴家的第一封回信裡，長長的信中，記憶的抽屜不斷開啟關上，莫爾凡並未洩露點滴鄉愁。圍牆其實只僅讓他遠離克拉拉．巴寧的肉體，而他用書寫繼續歌頌往日的神妙。提及新天地，他的話語染上幾許苦澀。他創造了一個新詞彙，融合朋友，仰慕者和狂熱分子等字，用來指稱他新王朝裡的那批人：友慕狂。「西城的塞壬女妖們為我們哄唱一個量身打造的夢幻社會，克拉拉。但其實，日復一日，我不斷遇見哈腰鞠躬的知識分子，隨叫隨到有求必應，或稍被斥喝就噤聲不言。活像馬戲團裡訓練有素的狗！我觀賞身邊的獵食猛獸群舞，而食物鏈的最頂端是貪得無饜的狼。那些人希望我能加入，成為他們人間喜劇院的一員，僱用各式女人來勾搭我，摟掛在我的脖子上，自以為沾了點不朽的氣息。他們的眼睛醜陋極了。那一雙雙生意人的眼睛對我透露的是押房養老和用益物權。」

莫爾凡用這種語氣接著又寫了好幾頁。一封又一封信，持續整個春天。尖酸刻薄到如此地步，他大概是變得想當脆弱，諾維爾心想，一面思索確切的形容詞。受傷？崩壞？他怎麼了？這個被捧上天的男人飽受折磨。可惜透過他信中的內容無法得知他痛苦的來源。他現在從事什麼工作？關於這一點，隻字未提。

四月的某一天，諾維爾疑心此一現狀恐將永恆不變，明白如今必須誘引女子吐實，或主動進攻，因為，從莫爾凡那邊似乎等不到任何進展。他編寫了幾句話，附加在莫爾凡的某一封信末：「別怕，克拉拉。我的一個舊識是郵政局的專員，凡寫給艾斯帕尼亞克的信件，他都睜一隻眼閉一隻眼。我說的是諾維爾同志，我對他完全信任。長久以來，我和他一直處得很好。所以妳可以瞭解我享有多大的自由。也就是說，在他的允許之下，多年來，我能正常地寫信給西城的朋友和編輯。反向亦然。我們的私人信件直接落入他手中，不會被其他人讀到。他特別交代屬下，然後矇上眼睛。妳不必害怕，可以暢所欲言。只需要注意：在信封上，我們要維持使用假名。」

諾維爾把自己的句子重讀幾次，修改校正，刪減又新增了幾個字。為了加強可信度，他用莫爾凡的身分說：「我唯一擔心的是萬一有一天他被免職或逮捕，這些把戲就會曝光。在那之前……」這段話被擱置了好幾個小時，因為他必須百分之百確保這些句子聽起來真實無誤。在「諾維爾同志」後面，他決定加上：「我的大書迷」。然後，他把整段重讀一遍，總算滿意。若這是真主的旨意……或許他已埋下一種威力驚人的祕密武器，效果如何，端看未來的發展。

二十、

那幾個燠熱的星期將人們茫茫然地帶進了夏季，愈接近七月分幾近沸騰的長日，每一個動作所耗費的力氣愈多。諾維爾醉心於模仿寫作的遊戲。他經常召見最優秀的筆跡臨摹抄寫員，交代他在這裡加入一個句子，在那裡添上一個想法，刪掉某個修飾語，換成另一個；而同時還要盡可能地仿效兩位受害者的文筆——有時是巴寧，有時是莫爾凡。這名職員很有天分。這一切從來沒留下任何把柄——不過是在廣大的文字魚群中灑下幾隻小魚苗——，但在收件人的心中，這一點一滴的外來入侵或許終能命中目標。此外，諾維爾也喜歡在他截下的信裡加油添醋，時不時提出一個問題，然後焦急地追蹤答案。有時候，他甚至忘了安全局還在等他報告，忘了他依然沒有任何東西可報告，調查絲毫沒有進展，也忘了，若不盡速跨出一小步，大禍就要臨頭。為了迎合官方規定，他撰寫的報告愈來愈不著邊際。這場把戲使他背離了自己的生活。掌管著一所小小的郵件分流中心，他引導一份愛情穿越各個分信站，投遞在未知的道路上。這裡一句，那裡一句，騙局就這麼完成。分隔兩地的戀人都感到訝異……諾維爾這麼做都是為他們好。他遠遠地觀察他們，一旦迷途，就把他們拉回正常範圍。他喜歡根據自己想要的節奏來調整分處邊界兩側的那兩顆心跳。人心可以像聰明的狗一樣被調教嗎？諾維爾似乎迫不及待地想回答這個問題。抄寫員幾乎每天接到改寫某封信的任務，他難以掩飾慌亂困惑，但仍不出任何差錯。諾維爾偶爾還要他為了加入一個字而重抄整頁內容。抄寫員離開好幾個小時去完成工作。晚上，回到他的兩房公寓後，諾維爾繼續擬寫草稿，刪改，訂正，重新整頓。

透過安全部門，諾維爾拿到了莫爾凡的《全集》。整套共有七大厚冊，在西城印刷出版，在相近領域中，只有政治人物的作品可堪比擬。在他的藏書中，除了頭號領導人的書以外，沒有任何書籍的優雅程度可與諾貝爾獎得主加注編號的精裝巨冊媲美。由於要對安全局報告，諾維爾得以動用職業身分做掩護。因為，事到如今，僅隨意在莫爾凡的信中插入一個字或一則簡短的思量已不能滿足他，他想寫出莫爾凡的作品。最初從幾個句子開始。然後，有一天，他很確定，終能架構出真正的段落。他隨手拿起其中一冊，輕撫精美的裝幀。誰知道呢？由於全心投入作家的文風，說不定他有能力在莫爾凡的兩封信之間插進一整封偽造信。他曾在哪裡讀到：單細胞透過裂殖機制繁衍。以此類推，一封莫爾凡的信可以分裂出另一封。這場遊戲的困難之處全在於如何改寫下一封，也就是莫爾凡親手寫的信，不讓巴寧看出一點蹊蹺……諾維爾把手中的那冊書放回書架，插入另外幾冊之中。他無法不去想像其他的書冊，那些尚未成形的，難以捉摸的，集結收錄了莫爾凡的手稿。他野心勃勃地暗中書寫，並任由那些稿子在這座城市沉睡，等待著無人知道的事情。

閱讀《全集》成為他生活中不可或缺的一部分。他畫重點，標記，把一些字句或表達方式圈起來，節錄到一本筆記本上。晚上，這些惡魔般的活動占據他大部分的時間。為此，他放棄了一些人際關係，活在孜孜不倦的氛圍裡。讀莫爾凡時，他沉浸在另一個世界中，不受時間限制，恐懼伸根，往下深埋。他忘了愛奴克不在，也忘了巴寧魅影般的存在。

透過這個把戲，他度過許多幸福時光，直到有一天不經意擡頭，想起頭號人物和他手下的黨羽。掛在牆上的頭像顯得無比冷酷堅定。「偉大的領導……我也一樣，是偉大的領導，操縱著兩個魁儡……看哪，他們遵照我的指令起舞！而且我深入他們的心靈，勝過未曾如此對待人民的你。」他低聲對頭像說。

諾維爾彷彿看見自己小時候，在老家的閣樓上或房間裡翻箱倒櫃，鬆脫一條橡皮筋，釋放整綑信。啊！橡皮筋突然彈開的聲音和那些即將如花瓣凋落的信件！三十幾年後，諾維爾再次嚐到這些魔法誘人的滋味……他激動地憶起一札父親寄給母親的信，寫於兩人交往最初期。他幻想能有那麼一天，有人創造一座檔案中心，為了教導男人，館內收藏累積了一個世紀又一個世紀，用幾百種語言寫成的幾百萬封情書。

二十一、

正值盛夏。每當夏天降臨城市，較炎熱燠悶的區塊通常在東北半邊。對於這種現象，每個人的解釋各有不同。有人果斷地從科學角度切入：由於小丘的山坡和附近地勢較高，延伸到東城的高地與臺地，地面經較多陽光照射，然後，到了晚上，釋放白天吸收的熱能……另一些人則認為，這種大陸性的昏沉天氣有部分與政治相關，彷彿老大哥把氣候也輸出到這裡來了似的。他們提及東半城最刺骨的那幾個冬天，藉此支持這種說法，且用一種故作博學的空泛姿態做結論，宣稱此處可歸類為半亞洲型氣候區。站在辦公室的窗戶邊，諾維爾心想，在這些酷熱的日子裡，恐懼因為昏沉，被炎熱緩和，略為退卻，獨裁政體冒著汗滴，正在融化，露出近乎人類的表情，與被它踩在軍靴下的人民一般痛苦。那張臉來自一個極度疲憊之人，大汗淋漓，沒有做決定的能力。要在這種天候下宣布實施一項五年計畫或掃蕩異己，諾維爾心想，不是瘋子做不出來。

在這段一切逼近靜止不動的日子裡，莫爾凡躲進一家有空調的咖啡館避難。他喜歡拿這家店當掩護，因為這裡不播放任何音樂，可靜靜觀察人群，大道和旁支小路。店中的常客多為大學教職員和學生，所在區塊使然。交談輕聲細語，幾乎聽不見。偶爾，一名身穿白衣的服務生突然從另一個世界冒出來，穿梭桌間，施展讀唇術點餐。車潮固定流動，莫爾凡得以集中注意力；而微弱稀少的光線從兩扇落地窗透進來，助他安於適合研究的心情。每天午後，他差不多總在同一時間抵達，直接上樓。他的位置通常空著。他把筆記本，草稿紙，幾本字典和筆都攤列在桌上並占據玻璃落地窗前的一大片窗臺，然後點一大壺茶，等待遺失的手稿重回記憶。下巴顯示懷疑，目光不肯妥協，他在兩條大道的十字路口兀自苦惱；偶爾，當車流量不夠，就努力推至克魯尼浴場，率先出現的幾棵樹從羅馬磚牆探出葉叢。通常，多虧交通流量的節奏，他總能回溯曾激發他某個想法或某段章節的途徑。「所有的一切都刻寫在你腦中，既然一切都來自於你。」他被折磨得受不了，經常如此反覆告訴自己。「你將找回全部。只不過是時間的問題罷了。一點一滴的，只要人生願意為你保留這份閒暇。你的稿子，終將重見天日，連標點符號都準確無誤。但這需要花你多少時間？我真是個大笨蛋，太可笑了……其實很簡單，若是能借助……」

無論多麼努力回想，他所發出的探測波大多一無所獲。莫爾凡不敢承認心中潛伏著怎樣的擔憂。他最大的憂慮是喪失記憶；因此，他遠離任何受到撞擊的危險，一踏出門就加倍提高警覺。這股恐懼已成病態，甚至難以自拔，證據就是他夜不成眠，比平常抽更多菸。他不是曾告訴哪個認識的人嗎？說他刻意避開人群、地鐵和百貨公司，就怕對面派探員朝他一記猛擊，害他從此失憶？

二十二、

有一天特別悶熱，分分秒秒彷彿都是一滴一滴地從狹窄的瓶頸裡擠出來似的。塞維耶沒敲門就闖進諾維爾的辦公室，沒有人可擅自這麼做。午後六點的鐘聲剛已響起，但杏眼女祕書還沒走。她的在場顯然干擾了來訪者。

「您要的檔案在這裡，諾維爾同志。我一會兒就需要用到。您可以盡快還給我嗎？」

「檔案？什麼時候……」

「您不記得了？如果一直想不起來，請您下班前先來找我，抱歉。」

在警覺心重的女祕書面前，諾維爾不敢翻開檔案文件，一直等到她起身，告辭，沿著走廊走遠，下了樓梯，然後又過了五分鐘（有時候她會假裝忘了帶傘或書，出其不意地折返上樓），才拿起資料夾。玻璃窗外的走道上空無一人。地上的紅毯不通往任何地方，打字機安靜無聲，印刷機怠惰不動，而那些用塑膠板製成的浮誇口號，偶爾，有幾個字母脫落；掉下來的都被丟棄，不再換新。漸漸的，出現一種馬克思主義的克里奧語，化為千百種笑柄：「同士亢榮！丁黨禺歲！」（同志光榮！工黨萬歲！）最裡面那面牆驕傲地宣揚。這裡彷彿某個海西森林帝國的核心深處，遭受非比尋常的侵蝕：字板鬆脫缺角，裝飾彩帶不足，墨色欠缺濃度等現象正是最有力的徵兆。

諾維爾突然感到十分孤單。塞維耶真的還留在這座迷宮裡嗎？他翻開他剛才送過來的檔案。最初的幾頁空白，後來的幾頁也空白，就這樣一路空白到底。他暈眩得厲害，不得不坐下，伸出手想抓起電話話筒，最後卻選擇點燃一根菸。什麼？他才不會被這種東西嚇倒……這麼一想，彷彿埋在遠古的習俗重現天日似的，他相信自己被下了咒。這些空白頁……難道塞維耶，不，當然不會：他是朋友。他把朋友二字重複了三遍。還是別打電話給他比較好。直接去他的辦公室，然後到外面去談……

「我覺得，如果能一起走一段路，應該挺不錯。我們住在同一區，不是嗎？」幾分鐘後，塞維耶對他提議。

「可是……」

「除非你趕時間？」

「不。你是為了這個……」諾維爾指指夾在胳臂下的空白檔案。「好啊。」監視器拍攝到兩人先後走出。塞維耶在一個小攤前的排隊隊伍裡跟諾維爾會合，各買了一支冰棒。顧慮到可能被探員發現，他們假裝偶然相遇。

「我們要去哪裡？」諾維爾問，開始微微擔心。

「我們有話要談。假如你願意繞路兜個半圈，公園或許是最好的地方……」
「我有一疊紙要還給你，塞維耶。」
「你留著吧！說不定還不夠給你寫自我檢討報告呢！」對方用非常嚴肅的語氣回答，隨即噗哧大笑。
他們已抵達波利瓦大街，繞過工會聯盟的巨大建築，從南邊入口走進公園，那是園區地勢最高的地點之一。從那兒，往西北方眺望，首都一覽無遺。然而，很快的，視線就被高聳的聖殿擋住。公園裡，行人寥寥無幾。他們改為並肩同行，不沿步道，卻走在光禿的山坡上。塞維耶一改幾分鐘前那種蠻不在乎的口吻。「有兩件事，諾維爾，你會感興趣，而且最好現在就知道，不要等人家透過官方管道通知你。別問我是從哪裡聽到這些風聲的。首先，K上校很可能最近就會召見你，但沒什麼大不了的事，你可以放心。」
「……？」

「一次例行召見。好吧，其實稍微特別一點……在他身邊的親信裡，有人決定出狠招。到時候他會讓你知道一些事。在莫爾凡一名畫家朋友艾爾吾埃的家裡，剛發現一份手稿，正是作家親筆。詳情他會告訴你。那雖然完全不是他們想找的，卻也證實了他們的假設……那是一篇小說，可以說是寓言故事，二十多頁手稿。的確是莫爾凡的字跡。從某些訊息看來，可研判那是一些廢棄不用的段落，來自一部長篇巨作。如同從一件華麗服飾上掉落的亮片，可以這麼說。」

「確實是他親手寫的，還是一份完美的贗品？」

「我不知道。在我們這個時代，要證明一份手稿真實性……不過，有些格式……有些句子不會騙人……」

「對，當然……你說是一則寓言？」

「《地獄首府巡查記》。鮮少見過政治性質如此強烈的文字。你會以為是一首對政權的禮讚。安全局的人興高采烈，同時，又恐懼不已。他們將需要你的協助。等他們施壓吧！對了，我想起來了，他們曾把第一句念給我聽，大概是這樣：『已有好一段時間了，在城市的低窪區，陰溝汙水四溢橫流，但沒有人聞到任何氣味。』」

「坦白說，莫爾凡的味道撲鼻而來……而他們即將召見我，我卻沒有東西可以告訴他們：艾爾吾埃！他從來沒給這個人寫過信。我在辦公室裡所做的努力，僅導致我自身的垮臺。我親自把繩索賣給了吊死我的人！」

「你跟誰結了仇？」

「跟我結仇？我不知道。有人覬覦我的位置，這倒是真的。而如果我不盡快宣布調查結果……」

「你知道，他們深信有一份萬中選一的手稿存在，且是那種一個世紀僅出現一、兩次的傑作，一部《神曲》，或《歷代傳說》，他們已經以這樣的等級來比擬。

這麼大的謠言，就連西城的文學沙龍也絕對沒辦法再加以膨脹。史上第一次，他們說，一部巨作將胎死腹中。」

「這個我知道，塞維耶。既然他們說了，那就必須當作手稿真的存在。提及即為**創造**，但究竟為了哪些需求，我們難以窺得全貌。那文章對他們有用。來得正巧，否則他們還得特地請作者寫呢……總而言之，假如有個小伙子認為我老樹盤根，決心砍掉我，那麼他已經得逞了。然而，有種感覺告訴我，你口中那篇小說，寓言，根本不是他們最在意的事。沒有任何政府會為一篇小說發抖……不過，你繼續說吧……」

他們走到了草坪下方。山坡上熱氣翻騰，聚集積累在腳下，簡直無法呼吸。一座橋橫跨危崖。

「我們到那裡去吧！感覺上那裡沒人。」塞維耶提議。他們一言不發，走完最後幾公尺，直到神廟。再過不到四十五分鐘公園就要關門。時間又流逝了一陣。塞維耶仔細觀察著城市中能看見的部分，目光越過昏暗光線中的樹叢和屋頂上的天線苗圃。

「事情發生在昨天。因為分信站的一個小錯誤，我目睹了不該知道的事。就在昨天早上。這一年以來，我的單位負責查閱高層政治人物的通信。私人信件，當然。無論為了什麼原因，所有不是透過黑衛隊的信差送達的信，也就是次級信，都經過我們每天嚴格檢驗；而你要知道，政治高層中沒有任何人會在親信機密的領域鋌而走險。我們篩檢這些信的目的就是要讓高官們警惕，僅此而已。一年以來，由於我積極參與查閱活動，關於我們的紅軍貴族，我自然累積了扎實的基本認識，遲早派得上用場。不過，這不是眼前最重要的事。」

公園即將關門，夕陽已近西沉；太陽潛入大氣低層，分分秒秒，愈發通紅。

「那是一份貨真價實的名流通訊錄，錯綜複雜的關係網，隱形的雞爪釘，義務責任和利用關係，全都清清楚楚。漸漸的，可以辨別他們的用字，專屬於他們的用詞遣字，哪些用來表示怒氣，哪些用來獻殷勤，以此類推，所有構成他們生活方式的用字。這一切，只有經過好幾個月的漫長實練與培養，你才能看得清。擡頭看星空：猛然乍看，你只能看見光度最亮的幾顆星。但是等一下，在草地上躺個十五分鐘。結果非常驚人。你會看見二十倍的星星。然而這根本不算什麼！在我熬夜醒著的時候，讀著那些信，我看見一些我從沒見過的紅星閃爍。這一切後來變成循環出現的例行公事，直到昨天早晨，我注意到一封永遠不該出現在我部門的信箋。兩名黑衛隊隊長之間的通信。發生了什麼事？是誰的疏忽，哪個女祕書犯下此罪？故意的還是不小心？當時，我以為有人設陷阱想栽贓我。我們不該拆開這封信。信封上印有黑衛隊的標誌，我反覆對自己說。這種模擬兩可的感受，我從來沒有過，諾維爾。然後，有個念頭很快地主宰了我：假如這封信出現在一個不該出現的辦公桌上，那必然不是巧合。為了某種理由，有人故意讓它脫離常軌。其實，那只是一個陷阱——是誰在我退休前六個月整我？我從未置人於險境；至於肅清行動，多半針對黨內的年輕階層，有些能被移到更高等的領域去扶植，有些則被判定不夠資格。接下來會怎樣，自己看著辦。偶爾，跳下萬丈深淵的念頭會找上我們。我拆開了那封信。換做是你，你會怎麼做？」

「我？你知道這個幹嘛……你明明想像得到：我的反應至少會……很相近。」

「相近？」

「也就是一樣，這麼說你高興了吧？（他的語氣中透露一絲不快。）你把我帶到這裡來就是要問我這個問題？想知道萬一你被黑衛隊逮捕，我在類似的狀況下會做出什麼反應？然後你就可以供稱，換做是諾維爾同志，他也會這麼做，而或許其他人也會……」

「不，不……別這麼大聲。」他四處張望，而低垂的夜幕正一塊一塊地併吞公園。到處都已不見人影。只有他們站在廊柱下，在距離湖面二、三十公尺的上方。

「諾維爾，」他又開口，聲音中充滿恐懼：「從現在起後不久，如果我讀到的確實是真的，頭號人物將宣布一項計畫……牽連無數，野心勃勃，至今前所未見。那計畫來自一頭負傷野獸，慘遭謀害，覺得被所有人拋棄……」

「怎麼說？」

「小聲點……」

「這裡只剩我們殿後。我繞了岩石一圈，保證沒人。」

「不久後警衛就會吹哨閉園，往這裡過來，因為他們瞭望得很遠。」

「那就快說啊！」諾維爾懇求，心情緊繃。

「頭號人物覺得自己老了，想確認自己能在歷史上留名。他感到他的執政時期即將結束。諾維爾……或許我不該提起這件事的。請別誤解我的猶疑不決……對你敞開心胸，我才不會變成瘋子。這座城正面臨一項危險威脅。要是我有一點想像力就好了：那麼我就能對你說個寓言，讓你瞭解我不該說出口的事。」

就在這個時候，幾響哨音從公園最深處傳來，冒出三名帶軍帽的衛兵。塞維耶頓時陷入恐懼。「糟了！他們來了！」他說，「得趕快開溜！你從那裡走，我過這座吊橋。」諾維爾還來不及進一步打探，塞維耶已經轉身跑過吊橋，消失在暗處。嗚笛聲聲催促。好幾名警衛朝神廟所在的高處走來。諾維爾走到西側出口，相信能在那裡跟塞維耶碰頭。但附近一個人也沒有。他等了一會兒，沿著鐵柵欄走，繞了公園一整圈。去他家找他的念頭令他躍躍欲試，但他記不清塞維耶的確切住址。何必去煩他呢？塞維耶家裡一定被裝滿了竊聽器，他什麼也不會說的。諾維爾慢慢平靜下來，在一個出口附近來回踱步了一陣，仍期盼塞維耶現身。一刻鐘就這麼過去。某處，一片氤氳淋漓後方，暴風雨隱約轟隆。諾維爾搭乘地鐵回家。月臺上和車廂裡幾乎空無一人。那天晚上，他思索良久，依然猜不透這句話的含意：「這座城正面臨一項危險威脅。」

二十三、

隔天上午，諾維爾必須去牙科接受一項手術治療，一直到下午，疼痛緩和下來後，才去郵務監控部門上班。他很快就感覺到，辦公室裡一片騷動沸騰。「塞維耶沒來。他不在家，也沒住進哪家醫院。安全局搜過他的住所，他失蹤了。」女祕書簡單扼要地報告。「他們什麼也沒找到，他沒通知任何人。」她加以補充，眼中閃著高潮般的興奮光芒。「很奇怪，不是嗎？」

啊，那種光芒！諾維爾當下第一個反應是對年輕女祕書湧出一股怒氣，可以的話，他會撕爛她那身模範女性套裝，把她壓倒在地，用武力掐住她，命令她用同樣興奮的語氣高喊一百次：「他們什麼也沒找到，他沒通知任何人！」接著再喊：「他是叛徒！我們將從電視看到一場盛大的審判轉播！」然後鞭策她拚命歡呼大廳底牆上缺字的口號：「丁黨禺歲！兀榮屬於亢爭階級！」

二十四、

塞維耶失蹤後的那幾天，諾維爾察覺到一陣極不尋常的戰鼓擂起，起初悄悄作響，但不曾間斷，從政權把持著的每個據點逐漸展開。報章、廣播和牆上的布告欄都重複著同樣的字句。電視螢幕上，菁英、官員、及宗派信徒以外，還有完全屬於另一種類型的說服力量，如娼妓、人魚般的妖媚女子、希臘小雕像般的優雅姑娘、以及其他聘請來的俊男美女，一個接著一個，宣讀高層指示的新口號：城市即將統一。統一！統一！陰陽互補！合併為一！這些天來，政府每天令人鏗鏘有力地朗誦號令。然後，突然又下令保持靜默。東城等待圍牆另一邊做出一點回應，然而西城忙碌喧嚷，什麼也沒聽見。西城根本不在乎對面的廢話連篇。多年以來，「統一」這兩個字處處點綴頭號人物滔滔不絕的演講。如今，唯有經驗老到的政治學家還能從他的東方式長篇大論中聽出一個小變動。不過現在正值盛夏期間，政治學者們都遠離城市，在海岸邊吹風度假。目前，在酷熱折騰之下，這個字眼尚無人理解……諾維爾有種篤定的感覺：這個夏天將永遠過不完。他把某位女性小提琴家的照片放在顯眼的地方，以後永遠也看不到了。永遠？這幅黑白生活照在他的生命中刻下一條分界線，從此才有了以前和以後。

二十五、

我已難逃這份手稿的桎梏，莫爾凡心想。一個又一個整天，我都在一種極度激動又無從施展的狀態度過，不搭理任何人，一心試圖重建作品。然後，突然間，失靈了。再也行不通了。幾個月來，文章的主要架構已經重現，但呈現在眼前的，卻僅是毫無生氣的複製品。旺盛的想像力已棄我的記憶而去。要是我有盜獵者的耐性就好了……要是我能緊黏在書桌前好幾個小時不走多好！但我太喜歡欺騙克拉拉，並把她牽扯到我的信中。一切加深我們「恨意」之事皆能撥旺我們的熱情。沒有那通紅的炭火我就無法繼續……我能任日子一天天流逝，重建工程卻絲毫沒有進展。我在上流社會交際，人們藉我之名舉辦窮極奢侈的饗宴。每個人都想與當紅的異端叛徒一起露臉。陰與陽……

這座城的圍牆彷彿貫穿我自身，隔離我的哲基爾博士和海德先生。這道牆在每個居民心中畫出一條對角線。獨裁暴君的天才在此展露無遺：把我們每個人都變成牌戲中的某個角色。

二十六、

七月初，諾維爾再度走了一趟安全局總部。「塞維耶預料的沒錯，」坐上來接他的車子時，他心想。「但願我別落得跟他一樣的下場……」也許他坐上的是一部靈車，只差後座沒用白花布置。半個小時後，車輛駛入地下停車場。諾維爾倒退回幾個月以前。

「很高興再見到您，諾維爾。無論在哪裡都遇不到您！沒想到莫爾凡的工作讓您操煩到這種地步……」

「上校，我向您保證……」

「在最後那份報告裡，您巧妙地把焦點轉移到了那位年輕小提琴家身上……

好像是為了洗刷她的嫌疑對吧？」

「噢，不，絕對不是，同志，您怎麼能……」

「您做的一點也沒錯，沒什麼好遮掩的！兩年前，她是中央政治局某位委員所推薦的人選。您知道這代表什麼，不是嗎？如此頻繁不斷的通信其實一點也不奇怪，所以，讓她盡情發揮吧！您懂我的意思嗎？」

「我想我懂了……假如那位委員感覺起來已有點不太對勁……那麼，難道不該，怎麼說才好……不該把她拉回正軌嗎？」

上校反向引用一條格言掃除他的異議。「我敵人的朋友就是我的目標性盟友。我們的領導經常把這句話掛在嘴邊。所以我們還是袖手旁觀吧！說不定哪一天，我們的領導對他那名委員厭煩了，這個女人和……她跟莫爾凡的關係可以被拿來當藉口。我只想確定一個細節。您保證他們並非情侶。這一點是否能正式肯定？」

諾維爾毫不猶豫地撒謊：「毫無疑問。她是崇拜作家作品的書迷。他們的友誼由此誕生，因此持續，透過規律的通信維繫。」

「好吧。真可惜。愛讀書的女人都是頭腦簡單的傻瓜，被動無害。可惜。不過，陷入愛河的女人則很快就變成交際花，那可就……繼續監視他們的信件往來，以防萬一。不過，您要集中心思注意其他通信人。這些沉睡的大貓總讓我覺得不對勁。聽著，我請您來不是為了這件事。（突然間，上校的聲音起了變化，語氣變得比較嚴厲，還清了清喉嚨。）幾個月前，我召見您的時候，為您做了一場局勢分析，而今，在我看來，當初過於樂觀。我們的敵人每天都逼近一些。另一陣營毫不吝惜地支援他們，以至於，我們之中無法贏得勝利，停滯不前者，恐將陷入重大危險。您懂我的意思嗎？回到您經手的案子上：我們找到了一篇莫爾凡親手寫的文字，未曾發表。我要告訴您的就是這件事。一篇小說，藏在某隻假寐的貓家裡：畫家艾爾吾埃。他在名單上嗎？」

「不在。」

「您從來沒攔截過他任何一封信？」

「沒有。」

「這隻貓到底在什麼時候可能醒來，我們都不知道，諾維爾。《地獄首府巡查記》，這是那篇小說的標題。三年前的一部聳動激進之作。艾爾吾埃已被送到卡山城，仍拒絕吐實。（諾維爾的腦子裡各種畫面天旋地轉。那是以前的堤永維勒，禁止外人進入，讓『政治犯』精疲力竭的鐵礦……）搜出來的稿子是一篇抨擊短文，其實，它唯一的功用就是指引我們去找那份藏在暗處的手稿。我們的『追蹤專家』——語言學者，注釋大師，隨時聽您吩咐——他們都是做事一板一眼的人。這篇小說不可能不連結某部長篇大作，圍繞著它運行。最近這四年來，莫爾凡怎麼可能只寫了這部二十來頁的小說？明知道他生產力旺盛，這種情況根本難以想像。我們正在找的那部大作可說是作品全集裡所缺少的關鍵環節。現在必須盡快找出來！這是頭號人物直接下達的命令。您必須交出成績，愈早愈好，首先關係到的就您自己……」

聽到這些話，諾維爾不禁後退一步。一則命令？一則文學方面的命令……他們瘋了……那些絞盡腦汁審查，扼殺封鎖的人，現在竟展現意想不到的考量，把敵人的作品當成聖物一般珍藏，而所謂作品，除了社會主義信徒似是而非的妄自推斷以外，沒有任何證據顯示其存在……要不是懾於K上校之淫威，諾維爾真想捧腹大笑，指著他的鼻子說：「那感應治療師呢？同志？您有沒有考慮過他們？聽說，在西城，出版社都在堆積如山的手稿上方吊鍊墜靈擺呢！」但他僅保持沉默，聽對方繼續說：「根據語言學者的研究，這關鍵的一環絕對是一部巨作，用剛發現的那篇小說的語氣寫成；而小說既然只是一顆流星，我們尋找的文稿就必然構思縝密，波瀾壯闊，完全是我們這個時代的人不再書寫的類型。某種媲美《戰爭與和平》的呈現，您體會到了嗎？」上校的話如雷貫耳，諾維爾不禁又後退了幾步。為什麼，自從他不再提供安全局所期待的情報後，K上校不除掉他，不即刻逮捕他？諾維爾真的如此受到高層保護？K依然遭其他派系箝制？他們到底在找什麼？聖殿騎士團的寶藏嗎？會不會為了使不存在的東西存在而施虐拷打，處以火刑？K仔仔細細地，一根一根地，檢查每根手指的指甲，並提高聲調繼續：「我們有充分的理由認為——當時的幾通電話交談令人強烈懷疑——那份手稿是一部詆毀我們敬愛領導人的小說！」他直視諾維爾的眼睛，確認自己這句話的效果，然後接著說：「這就是我們不惜代價非得手不可的原因。跟我一樣，您應該也聽說過內奸散播的那則謠言，與敬愛領導人的昔日舊情有關。您聽過，諾維爾，不是嗎？**那則謠言！**」

「如果您所指的大概是那件事，上校，是的，我曾聽到一些風聲……」

「這起謠言不該變成一本書，聽懂了嗎?!您瞭解莫爾凡的『人氣』遍及圍牆兩邊，甚至全世界……布爾喬亞頒給他的那座諾貝爾獎……他利用得挺好的，莫爾凡那傢伙。英勇的小士兵，成為他們最後一匹特洛伊木馬，試圖從內部侵占我們。啊！諾貝爾獎！容我大笑幾聲。假如不是莫爾凡這幾年流露出的反社會主義腔，他還有得等呢，那張思想正確的諾貝爾獎證書！假如他當初沒選對陣營，印刷機的滾輪也不會那麼快就為他運轉……總之……萬一，這本書不幸成了漏網之魚，諾維爾，您和您的單位必須負責！」

對，諾維爾心想；看著上校轉身面對窗外。「從現在起的幾天，」上校又說，「只等我們的領導開炮攪亂局勢。那部書稿絕對要盡快得手，因為在接下來的這段時間，我們的政府需要凝聚所有能量。我們敬愛領導人的形象必須完好無缺，比任何時期都完美。」

二十七、

過了幾天了？對諾維爾來說，日子彷彿永無止盡，尤其在聽過廣播和讀過報紙之後，會以為現在是黨代表大會時期。廣播、報章和其他宣傳工具如鸚鵡般再三重複統一一詞，彷彿自始至終就只會說這兩個字。歷史靜待浸漬。傲慢的西城，自信陶醉，沉沉昏睡。現在是夏天。諾維爾的郵件網中偶爾會捕獲到一封給情人的信，或一封給情婦的回音。他熱烈地閱讀，但不再加以修改。他操心的是別的事。那些信精采絕倫，他不想畫蛇添足……一種被遺棄的無力感日復一日地加深。他想起塞維耶的失蹤。最後那晚，當園內哨音響起時，塞維耶正要告訴他什麼？所以，他現在在哪裡？諾維爾不敢去他家：街坊委員會應該已經接到命令，詳細記錄所有造訪。最初幾天，諾維爾還懷著一絲希望，伸手探入他的信箱，但什麼也沒發現。

他的思緒經常被拉回克拉拉．巴寧身上。在他渾噩的腦子深處，有種脆弱的什麼頑強地念著這個名字；某種想見她的熾熱欲望，那個在一封封信中裸裎相見的她。活到中年，諾維爾遺憾自己未能成為一名大作家。偷窺這個職業再也無法滿足他。他真希望能從觀察者的位置跌落，與被觀察者平起平坐。全心全意的，他但願有人看見他。看見他也跟一個像克拉拉．巴寧那樣的女子在一起。他再次重讀桌上那份已開啟的資料：特質不斷被他銘記在心的小提琴家，藝術家。

酷暑永無止盡地籠罩城市。遠處，西城的某個地方，一陣帶著海洋氣息的涼風翻掀莫爾凡桌上的書頁。好幾天以來，他其實只在做做樣子，假裝工作。

他把自己關在書房，不再回應電話。但他卻沒有坐在書桌前（那些附庸風雅的傢伙！某作家協會送了他一盞鯨魚油燈，十九世紀的作家們用來照明的那種款式！），癱在一張軟沙發裡，就沒再動過。這種頹廢喪志的狀態使他想起和克拉拉最後共度的時光。「我決定跟你一起生活，不再隱瞞我們的關係，跟他分手。」某一天，她興高采烈地對他宣布；當時兩人還在纏綿互擁中。「我要申請離婚。反正，從兩、三年前開始，我早就想這麼做了。」

這話太突然，莫爾凡沒有回應。近來，克拉拉的美貌與才華喚起他對高尚生活的莫名喜好。「寫作不是生活。」作家反覆對自己說。「你已經寫了二十七本書，到處都翻譯你的作品，連北京都有！在諾貝爾獎之後，你還能期望什麼？所以體驗一下人生吧！你已經置身天堂，一個名叫克拉拉的仙女牽著你的手，只要你想，就帶你進入歡享逸樂的國度。你夫復何求？受人愛戀仰慕的飄然滋味，你都在她身上嚐到了，所以……」而此時，宛如擔當第二主旋律的歌手，作家用盡全力，字字鏗鏘地唱出自己的聲部：「你不該膩在她身邊。她想要？她知道？結果，她拉走了你，遠離你原本該待的地方，而且一落千丈。她不再是個單純的女人，而是一隻惑人的塞壬女妖。現在再不行動就永遠沒機會，你必須掙脫她的妖法。多跟她共處一年，你將衰老好幾十歲，而且無法再寫。難道還寫得出什麼嗎？」

莫爾凡又想起他的手稿重建工程。還缺那麼多部分。就連拼圖的全貌都還想像不出來。大失敗。於是，他心中又浮起同樣的問號，緩緩的，如一顆繫了線的小氣球。雖然不甘願，但他是否該向克拉拉求助，把他從泥沼困境中拉出來？

街上突然響起一陣槍聲。連續掃射！他急忙跑到窗口，卻只看見路人氣定神閒地走過。稍遠處揚起迷濛藍煙。「原來是放鞭炮……」七月十三日的晚會活動剛拉開序幕。人們都在等他。邀請他的是誰來著？傑歐芳夫人還是妮儂・

德・隆克洛？茱莉・德・雷皮納斯還是史庫德利小姐？[10]晚上八點就快到了。他往肩上披了件薄外套匆匆出門。爆炸聲一陣接著一陣。他回想起自己曾經多麼恐慌，腦中浮現當時趴俯在窗邊的模樣。二十年前那場動亂……拉法葉路上的掃射，受傷的人們。人群湧入鄰近地鐵站的小巷……皮耶—塞瑪街上方的天橋一片混亂推擠，蒙托隆廣場附近的示威者沒能再站起來。即使過了這麼多年，每次聽見爆炸聲，莫爾凡就被拉回那一天。各種記憶從腦海噴發出來。他不得不坐下，靜靜待上好長一段時間，讓自己平靜下來，讓痛苦捲鋪蓋離開。今晚，他亦如此痛苦地在街上前行。人們聚集在樂團周圍。女人們支著異常纖細的長腿。一雙雙玉腿向上延伸，直到深具象徵意義的迷你裙襬。去年，在節慶廣場的舞會上，莫爾凡出神地回想了一會兒，才將記憶的盒子蓋上……然而為時已晚。克拉拉已經穿越這幾百雙美腿，朝他急奔而來。

莫爾凡在這座人群森林中劈荊斬棘。某些地方人林茂密，群眾頑抗不讓。

鞭炮在不遠處炸響，作家幾乎控制不住驚慌。該如何避開這些人群，這發情動物龐大的身軀？正在發生的現實衝擊著往事回憶。二十年前，同樣的軀體，同樣的激昂，同樣的美腿如林，抗議禁穿迷你裙。

爆炸聲加倍頻繁。

莫爾凡不再往前。他臉色發白。人與人挨得那麼近，以至於摩肩擦踵。他望著他們做出與二十年前類似的動作，突然間，不再感到欣喜，反而心生恐懼，油然痛苦；在槍擊的混亂中，那些動作是一樣的。被射殺的，受傷的，踩踏的，攜手逃跑的情侶，皆合而為一。他慢慢掙脫人群的箝制，從過去甦醒。他站在一面櫥窗前，檢查領結是否整齊，繼續上路。當初從位於拉法葉路的住家陽臺上所目睹的掃射畫面愈來愈模糊。最後的記憶停在收拾殘局的景象。被擡上卡車，裝入麻袋的屍體數量有多少？

二十八、

這一晚，圍牆對面的人心鼓動較平時猛烈；頭號人物夜不成眠。一名貼身保鑣在陽臺上巡視，只聽他來回走動，軍靴鞋跟發出掛鐘般的規律聲響。頭號人物想起史達林之死。毒殺。然而，他的貼身保鑣當時也在。有人對保鑣下藥？還是收買了他？

明天晚上，他心想，在這煎熬難耐的酷熱中，我要投下一顆炸彈……頭號人物低聲背誦一段演說。他的思緒掃過一個又一個人，將軍們的肩章，人民委員的星徽。他並不討厭這些失眠的夏夜：想法以各種角度運轉，仿如人體，在汗溼的被單下輾轉，疲累無比。每到這炎熱的季節，他真喜歡躲進總部的宅邸內避暑！他的小「夏宮」！這裡的空氣沒那麼悶，他總覺得自己遠離了城市，在鄉下，在山上。他起床去喝一杯水。透過另一扇窗，他瞥見雷安德莊的小巷，街燈和紅葡萄藤，還有兩名傳令兵來回巡邏。一盞立燈的燈光照入屋內，他的妻子把這塊空間暱稱為「鏡廳」。其實，真正的鏡子只有一面，其他所有的鑲框——油畫人像、海報、官方照片——令他憶起一幅幅還算近期的往日情景。置身這些畫面中，面對鏡子，如今，年屆七十歲，他剛把一身行頭和妝容上的粉飾細節一乾二淨地「解決掉了」。在這整個國家中，唯獨他本人敢以真面目與他照面。他對著鏡中的自己坐下，手持酒杯，身穿睡袍。「我現在比以前還帥，我威嚴凜凜。」他不禁這麼想。「而明晚，在全世界的電視螢幕上，我還會更帥……」對，他將恢復青春，因這次的發想而永垂不朽。那個羅馬尼亞老女妖的藥酒、乳液和其他修補配方，對他完全起不了作用。長生不老必須來自心靈，出自牽著歷史鼻子走的天賦。他的目光停駐在自己的鼻子上，沿著鼻梁往上，看見皺起的額頭。分開仔細看，他臉上的各部位一點也沒隨著人生進展起變化。下巴依舊如此冷酷好鬥，與戰後初期的照片無異。雙眼仍然如此堅定，直探人心，懷著恨意；頭號人物時時注意眼中依舊燃著同樣的火焰，取用某種祕密能量當燃料。至於他的笑容所呈現出的特質，那嘴唇的弧度，始終是他關注的目標，從不更改，長久以來為頭號人物贏得魅力鐵書記稱號，牆裡牆外皆然。「沒錯，」他評估，「以這把年紀來說，我比其他所有那些不修邊幅的老頭子稱頭太多……」他想到另外幾位總書記同志：保加利亞那個萎縮的小老頭，羅馬尼亞那個沒教養的復仇鐵腕，德國那個則深不可測，雙筒望遠鏡從不離手，其他剩下的那些更是一點也好不到哪裡去……沒錯，分開來看，下巴、前額、目光、嘴唇……可是，一旦聚集在一張臉上，全都清清楚楚地透露了歲月的痕跡！從好幾個月前開始，他的外貌令他憂心。化妝和修飾照片的障眼法不會永久有效……事態緊急。多年來累積的輿論證實，從現在起，一秒鐘也不能浪費，他必須精心雕琢自己的傳奇。

他凝望自己，任何疑慮都不能阻擋他的決心。灰白而微卷的髮絲，又細又直的眉毛：就在這裡，這面鏡子前，他經常來此思考，有時長達好幾個小時。「人們最後還剩什麼？」他問自己：「我不在了之後，他們還剩下什麼？」他的思緒流向中古世紀及原史時代，融入老如化石的陳年往事。在一股神奇力量的推動之下，意念接著浮升，在統治任期與軍事行動上空盤旋。頭號人物算了又算，數算自己還剩多少年可活，將只有他本人知道的變數都算了進去。還好，應該夠。「從現在算起，到那時候，我大約只有七十七到八十歲……」對於尚待完成的龐大任務，他甚感欣慰。幾個小時後，他將出現在電視螢幕上，掌控十二支對他伸來的麥克風，如同太陽指揮向日葵繞轉。一些龐雜的念頭浮現，干擾他的心神。從這些有如敝屣的想法背後，懷疑與問題宛如魔神巴力一般駭人冒出，喚醒他的不安：他們會怎麼反應？友邦會對我們伸出援手嗎？事前已安排私下接觸，迴響並不太差。但是老大哥呢？他彷彿又看見，克里姆林宮，那座鐘塔，龐然的磚紅建築。上個星期，經過兩盞指向廣場的信號燈之後，他的黑色禮車深入其中。社會主義震央將做出什麼反應？……哨兵在陽臺來回走動的聲音始終未停。說不定那個士兵瘋了，即將現出殺人狂原形？他想到那位被保鑣刺殺的印度總理。再度躺下之前，他確認自己的手槍裝了子彈，好好地臥在枕頭下。

二十九、

頭號人物等到一天接近尾聲才出面發言。他依照每年的慣例，在中午前主持了大遊行；但是，卻沒有接續往常的演講，反而把自己關在辦公室裡。「總書記正在對預定於傍晚發布的重大宣示進行最後的修飾。」電臺不斷重複廣播。而現在，站在麥克風堆前，他開口啟齒：「祖國的兒女們！代代相傳的你們……」廣播及各廣場角落的擴音器播放出他的聲音。諾維爾調整收音機的方位，加強收聽品質。受到暴風雨天候影響，電波干擾大幅提高。「祖國的兒女……同志們！……」總算，現在清楚多了：頭號人物漫長的勉勵致詞，濃重的捲舌音。目前的速度是慢板。字句如緩緩的波浪撲來，然後退回，彷彿自古以來只做這件事。聽這個男人演講會令人深信不疑：他一定是從革命初露曙光的時期即已執掌指揮權。他是博物館館長，每件展示品的負責人。他那「駁克提林」[11]式的演說，來來回回的呼喊，頗具檢察官的口吻。從小餐館傳到咖啡店，從這間辦公室傳到那間辦公室，從山丘傳到圍牆，越過高牆，兩岸各處，他的話語滾滾奔流。他是這個時代最偉大的平民演說家，時代的丹東。[12]「同志們！祖國的兒女……」他的訓勉可能長達幾個鐘頭，卻始終扣人心弦，真不可思議。他的口音勾起遙遠戰鼓的記憶，來自協約時期或聯邦自治國。必須聽過他一次長篇演說，或江河滔滔，或多石顛簸，或泥濘難行，然後就不會如以前那麼恨他。

頭號人物調整呼吸，雙眼發亮，眉毛挑動。多少次，這個男人的言辭如雷電劈落在人群中，激發集體高潮，掀起滿堂喝采？「今天這個日子不同於其他日子，同志們，它超越了其他日子！好幾個月以來，我夢想著，藉著今天這個場合，向你們全體宣布……」收訊又變差了。音量忽大忽小，聲音忽遠忽近。「我們不斷對光明之城發送統一的善意，至今沒有任何回應，什麼都沒有，除了沉默與藐視。好幾個月了，我們的命運彷彿建築於一場無可挽回的分離……」他的語氣抑揚頓挫，不卑不亢。「……於是，」聲音再度響起：「為了分裂的人民著想，我們做出了重大決定。這座城必須統一，為我國兩邊的融合寫下序曲！（他通常等一秒鐘，甚至兩秒鐘空白過去，才開始另一個句子。）我們鄭重呼籲對岸的負責人，從現在起三個月內展開協商，達成兩岸統一的目標！多年來，我們始終展現同樣的決心，同樣的誠意。」諾維爾聳聳肩，找來火柴和香菸，繼續聽下去。緩緩的，字語浪濤再度湧來。「假如，過了三個月的期限，未出現任何具體成果以解我國人民對統一之渴望，則怪不得我們強行扭轉命運：我們將把這座城移到別處，在修改河道之後，將城區遷往更北的地方！我們已為此做好萬全的準備，無論哪一天，我隨時都能下令動工。我再說一次，藍圖皆已完成。我們將需要許多許多年的時間，但又何妨！為改道的河流另挖河床，施工上不構成任何問題。光明之城將恢復為一，完整不分裂。而這項任務，我們必將以堅定、果決和信念達成！不久之後，歷史學家將還我們公道。西城，祖國心中的這片傷口，將在北方三、四十公里之處完美重建。衛星傳來的西城照片，精準詳細的程度令人難以想像……至於東城的部分，全數原樣搬移，一磚一石，路上的每塊石板皆不例外。城市將恢復原貌，毫釐不差，包括現代化的室內設備，提供居民更舒適的環境。地鐵將不再半路中止！街道將不再被一道牆阻斷！一切都將遷移，城市將以完美重組的面貌驚豔現身：大樹，灌木叢，廣場，樓房，山丘，全都將被裝載、豎立、搬運。請相信我的決心，一切必將達成！人民萬歲！吾黨萬歲！」

諾維爾想像：瓦茲省的農地土壤上冒出樓房，屋頂，天線。「城市移植……在邊界，飛地和城牆之後，政治外科醫學的最新發明出現了。」剛聽到的演說，他一個字也無法相信，卻仍不禁打了好久的哆嗦，彷彿，在今天這個七月的傍晚，刮起了一陣秋風，激醒了人們。三個月……現在，他終於曉得K上校為何語帶威脅，建議他加速搜尋。他也明白，或以為明白，塞維耶為何消失，再也沒回來。

然後，諾維爾頓時陷入憂傷，簡直沮喪。長日將盡。從龐坦到克利希，夕陽將整座城埋在一面巨大的紅旗之下。演講的武斷語氣，異想天開的計畫，這其中有種什麼，令諾維爾感到一股莫名的不自在。他趴在窗前，凝望公園。假如他說的是認真的呢？**那一位**，假如他為自己的瘋狂找到目標了呢？把整座城移入瓦茲省境內土地上。夜幕降臨。東城的所有亮光，除了幾盞街燈和共產明星團中的點點紅星以外，皆集中在圍牆和**無人之境**的探照燈上：西城被一圈金環包圍，閃亮得讓他們睜不開眼。

他無意識地調動收音機的轉鈕，捕捉到西城某廣播電臺所發出的新聞。頭號人物的演講引發大量評論，用假設語氣，平靜地陳述。根據那邊的理解，頭號人物似乎只想施壓。在廣播宣傳方面，東城只擁有老舊的工具，干擾不嚴重時才聽得見。獨裁專政本身已經過時，缺乏零件，西城預期它遲早垮臺。諾維爾轉到其他電臺，從這臺到那臺，語氣都一樣：嚴肅而平靜，西城評論家的泰然自若撫慰了他心中的一點擔憂。播報員數念珠似地唸出一串頭號人物提出後卻胎死腹中的計畫。

三十、

比平時更積極的，莫爾凡仔細收聽東西兩城的廣播節目。真奇怪……無論牆的哪一邊，到處都是學舌鸚鵡說著同樣的語言，重複相同的字句；但是，根據牆的這邊或那邊，同樣的話語卻表現出不同的意涵，有時意思甚至遭變質竄改。這些字句是同一棵樹結出的果，剛生出來時都長得一樣，在熟成期間外表有了不同，色澤、凹痕或老年斑，各顯差異。他並不擔心。頭號人物那場虛張聲勢的騙局，他從來也沒相信過。人們急著問他一堆問題，他則以餐桌間的談笑回應，營造安心的氣氛。莫爾凡累了。政治煩擾他一輩子，他早該堅決推拒，可惜沒能每次做到。人們怎麼會認為一個酷愛文字之人就該句句皆提內心對世間疾苦的想法？東城緊追不放，將他把玩於掌心。莫爾凡相信書中文字的力量，但這個保守的男人從不相信自己話語中的力量。回想追憶的工作使他精疲力盡，最後他放棄了所有訪問和公開發言，心底只強烈渴望消失。他但願往後多年克拉拉再也聽不到任何關於他的談論。對，什麼都不說，這是最好的辦法，因為對這場裝腔作勢的吹噓做出回應，就等於真的把它當一回事。最好讓暴政者的言辭因酷熱致死，遭冷落而終結。

持續好幾天，西城各電臺卻似乎持有不同意見。他們不斷重提這項瘋狂的計畫。每天晚上大力散播幾十種人云亦云的說法，加以戲劇化，悲劇化，只為維繫收聽率。晚上，夜深時刻，趁著現任情婦尚未按門鈴，莫爾凡懷著鄉愁，收聽東城的廣播。女主播們的聲音聽來親切，甚至不必聽她們講的是什麼，他曉得自己需要她們。他需要聽他的朋友和敵人上節目接受訪談。誰知道，哪一天，他會不會碰巧聽見某場音樂會轉播，小提琴和交響樂團的演奏，克拉拉和樂團的演奏？

莫爾凡辯駁也沒有用，他並非真的對頭號人物的演說完全沒感覺。他甚至覺得被激怒了。暴政者侵占了他的地盤，剛搶走他一個高超的小說點子。文思枯竭已久的作家眼睜睜看著自己被將了一軍，對手竟是一直被他認定是庸才的業餘人士，他實在忍不下這口氣。啊！本來可以用來寫成多好的小說！不需多費神，他已想見一氣呵成的連續篇章。多少死人因而被打擾！遷移整座拉雪茲神父公墓！……他想像，深夜裡，一列列挑夫默默擡棺材的場景。第二次的葬禮，埋入人造丘陵的土裡。大樹橫躺在長拖板上，用大卡車載運，而所有樹木還必須經過事先修剪。那是一座被剷平殆盡的城市，在北方重新生長。這一切純粹只能是文學構思，因為很快的，一切都會站不住腳。如何將霧之小徑和它秋日的氤氳移植到那裡？如何移植小丘歷史悠久的每個世紀，採石場和長達幾公里的地下廊道？如何重造拉雪茲神父公墓，墓園裡的十字架和老樹？還有城市的芬芳：每條大道、市集、春意瀰漫的廣場，這些地方各自的氣味，如何輸出到那裡？

莫爾凡拿出一根雪茄，一根塞拉諾給的科伊巴雪茄。逃亡時，他搶救了一盒。他一口咬斷尾端。挖掘運河，為大河挖掘新河道，要花上多少個月的時間……他不禁放聲大笑：頭號人物想完美重建這座城，但又該如何重新織出地鐵的廊洞大網？據傳，黑衛隊已在地下廳穴建立據點？還有人討論兩條祕密的地鐵路線，與公共交通網平行，連結東區各樞紐，而且兩條的終點都是郊區的軍用機場，以備緊急狀況之所需……瓦解一座城市，搬運到幾十公里外的地方……中國歷代以來的皇帝，就連萬里長城之父秦始皇也沒動過這樣的念頭。莫爾凡的笑聲停息，取而代之的是諷刺的苦笑。秦始皇……莫爾凡的腦海中不由自主地重現他與頭號人物唯一一次會面的場景。「在那個年代，東城的社會穩定，因施行恐怖命令而僵化停滯。大約是兩、三年前的事了。時序剛邁入夏季，頭號人物尚未被病痛纏身。由於我想以戰後時期為題材，著手寫一部具歷史使命感的小說，於是申請查閱某些官方資料——講座或大型會議的原稿之類——試圖藉此防範未來可能招致的批評：我堅持盡可能將我國各領導人的宣言和行動插入小說中。所謂各領導人，指的當然是沒被罷黜，直至今日仍握有部分實權，位階極高的那幾位。我的請求得到正面回應，並收到一張通行證，允許我進入中央委員會的檔案庫。我在一個悶熱的午後前往，陰涼的地下室讓人感到舒適。我在某間會議廳外的等候室工作時，聽見有扇門砰地關上。當時我專心研究，並未多加留意。我忙著抄錄頭號人物一篇重要演講，又聽見兩個男人的腳步聲，他們走得很快。來到我附近時，較矮那人附在另一人耳邊，悄聲說了什麼我聽不清的話。他們停了下來。我下意識擡起頭，差一點跌個人仰馬翻。宛如從複製了幾千幅的肖像中走出來似的，共產黨中央委員會總書記，軍事委員會主席，國家最高顧問團主席本人，巍峨高大，卻朝我彎下腰，對我微笑並伸出手來。那時他還沒變成今天這個有心臟病、糖尿病和偏執狂的男人。那天，他打扮得風流倜儻，我必須承認，十分符合那上萬張肖像中的形象：優雅，面帶笑容，殷勤甚至親切，前額眉目間透露聰慧。至於我，當時我尚不是現在這頭被那些思想倡導者放狗圍捕的公鹿。不是我吹牛，但我想我可以大言不慚：那時我是一名受賞識的詩人和小説家，並非因為那些長篇謳歌，而是因為我淬煉出一種全新的語氣，在同類型文學中絕無僅有。那時，頭號人物是想交個文壇朋友，藉以鞏固名聲呢？還是好奇我為何出現在那種地方？客套地交談了幾句之後，總書記邀我跟他去隔壁的會客室喝咖啡。我們圍著一張茶几，坐進柔軟舒適的紅沙發。隨他同來的男人穿著簡樸得多，也留下來陪我們。他沒開口，只聽我們談話，或者應該説，聽領導一人獨白。那個男人，我想，是當時政權中的第三號人物。記得他在幾年之後得癌症死了。

總書記一直想知道我的小説究竟生產到哪個階段。我對他説明促使我出現在那裡的寫作計畫，並告訴他，我決定開展更恢弘的範疇，融入當時正在書寫的小說。我打算寫一整個系列，那些小說應能象徵我國歷史上各時代之更替，並重現引導我國人民走過二十世紀下半葉的重大階段。『那是一首頌揚統一復興的禮讚！』他打斷我，顯然很感興趣。『若我沒記錯的話，巴爾札克，在他那個時代，已經提出一項類似的計畫，但他未能徹底實現……』」

「一部『風景如畫的法國史』，我回答。『然而這麼做的並不只他一人。他的靈感直接來自華特．史考特和他那些以中古世紀蘇格蘭為題材的小說……』」

聽我提及一名盎格魯撒克遜作者，總書記的臉色沉了下來。不過遮蔽了他表情的陰影很快就散去，彷彿努力想把政治排除在這場晤談之外。「我希望，為了我國人民著想，為了教導他們，您也能提到現在這個時期及其轉型變化……」

「當然。」我表示贊同：「而我正在為一部作品進行研究（說到這裡，我指了指稍遠處的工作桌），這篇文字即構成我對社會主義現代性的部分觀點……」

「請繼續這條路線，用屬於您的方式，實現我國重新統一之大業……只要往這個方向進行，人民必然支持您，莫爾凡。請您仔細看看這座切成兩半的城市！豎起您的耳朵，聽聽它的泣訴！曾有一天，巴爾札克但願這座城找到它的但丁。[13] 也許那就是您，誰知道呢？別忘了，但丁不僅寫了地獄，也描述了天堂……有一天，我深信不疑，這座城市將復合為一，不可分裂，所有公共建築大門上高掛一顆紅星。到了那一天，公社成員終將得以雪恥平反！」

「在這座無神論的神殿，一名天使悄然經過。約莫是有人開了窗用最快的速度把祂給趕走，頭號人物又用同樣的語氣繼續說：『我始終不懂，為什麼，在一八四八年的風暴中，巴爾札克會站在那些階級的同一邊。他曾在許多場景中大幅針貶他們的惡俗，塞滿最無情無義的瑣碎細節……為什麼要在自己的姓氏前加上代表貴族的綴詞？……（他沉默了一陣之後繼續）我七月分會去海邊休憩。我會請人送一份邀請函給您，若是您希望有個地方可以安靜寫作……』

他是否期盼我立即做出回應？當時我唯唯諾諾地道了謝。一名攝影師，不知道是誰叫來的，突然在這個時候出現。西城某出版社向頭號人物致敬而出的某本書上刊印了那張彩色照片。畫面上可看見我穿著一套剪裁拙劣的灰西裝，手上拿著一杯咖啡，一臉不自在地與他聊天。我們兩人都坐在扶手沙發椅上，談話的氣氛顯得彬彬有禮。總書記穿著優雅的灰藍色正式外套，一如平常。他容光煥發，掌控全局。十五年後，還不時有人拿這張該死的照片來責怪我……跟他會面後的那整個夏天，我都不敢接電話，只怕他的祕書打來確認邀請之事。我很可能踏入他們的陷阱。我從來不懂得拒絕。對所有人來說，在這裡和西城都一樣，我恐怕將永遠變成替政權代言的作家。」

莫爾凡嘆了一口氣。從分派給他住的公寓望去，可望見大半座城，跟他之前在東城的房子一樣。但是現在的景象是顛倒過來的：他看見的是事物被隱藏的樣貌，人的背後，勳章的反面。他緩緩瀏覽一座座做工考究的屋頂看它們在熱浪之中變形翹起。有些屋簷下睡著他的讀者。其他屋簷下，誰知道呢，那跳動著的心說不定屬於一個未來的朋友，未來的劊子手。他的目光徘徊到較遠的地方，突然間，血液如凝結了一般。第一次，他注意到，到了夜裡，城裡的橋都黯淡無光，只有一座例外，就是渡他從一個世界走到另一個世界，充當邊界崗哨的那一座。其他所有橋梁都淹沒在漆黑之中，就連比爾哈克姆橋也是。他朝那座橋的方向流連了一會兒，期待著，或許，像往日那樣，架在空中的捷運螢光蟲從黑暗中竄出。那列車會緩緩過河，到達對岸，在進站之前減慢速度，然後消失。但他白等了，什麼也沒出現。視線被淚水模糊。鄉愁施展魔法，即使他距離從前的生活僅四、五公里，並且還看得見那裡的主要景點……莫爾凡的目光滯留不去，停駐在沉沒在幽暗之中的東北邊。他先前跟朋友借來高倍數望遠鏡，以求感覺離克拉拉近一些。用鳥飛的直線距離來算，她並不遙遠。再一次，他動念想給她寫信。這些日子以來，他每天寄一封信給她。這劑苦藥卻是下下之方，在他的生活中播下紊亂的禍種：他的書寫不是寫作，而是給她寫信。重整文稿之大計從此彷彿虛幻的烏托邦，他無法重新賦予這個計畫絲毫實質意義。通常，這種疑心病只像一陣來得急去得快的高燒：「你真的確定這會是你最好的作品，值得你這一切努力？難道你不是用錯覺在犒賞自己？你太自以為是了吧？」跟他對談的聲音沉默了一會兒，接著又說：「如果它果真如你所想的那麼好，總有一天必將重現江湖。沒有任何力量夠資格阻擋。想想《生存與命運》[14]的手稿從盧比揚卡[15]的艙底爬出來的過程！願這本書能教會你希望！」莫爾凡的情緒漸漸平靜下來。「而且，就算你的手稿發生了什麼不測，也只算是損失了一半。」他心想，同時想起艾芬．艾特金[16]的一個句子：「將一部小說上鎖囚禁，是國家政權對一部文學作品所能授予的最高榮譽。」

三十一、

東城的媒體重新對作家展開攻擊。「相信我，他們害怕那些或許已被你拋在腦後的手稿。」克拉拉．巴寧寫信告訴他。真幸運！接到這幾行訊息時，他出神地想。好險她認識那位高層人士！一抹憂慮頓時讓他的思緒蒙上陰影：若是那個人拿我們通信中所寫的一切藉機要脅怎麼辦？多虧了這些信，我能與她暢談，覺得她彷彿也生活在圍牆這一邊。

「他們害怕那些或許已被你拋在腦後的文稿。」她在信末信誓旦旦地說。接下來的句子是一個一針見血的問題，他不禁好奇。然後，他就沒再去想。這句話觸及那些號稱存在的手稿。那麼，在一個如此美好的傍晚，提筆寫信給克拉拉，向她說明如何找到那份手稿，那份她完全不知道的書稿，並運用所有辦法把它弄到這裡來（何不一頁一頁地寄來？反正她的信件監控享有通融待遇）是件多麼簡單的事！究竟是感到哪個地方不對勁，阻止他真的這麼做？

三十二、

這整個悶熱的夏季一滴雨也沒下；除了星期天以外，諾維爾沒有一天不去辦公室。自從頭號人物那場演講之後，國內的間諜恐怖症患者大幅增加，桌上的新檔案也不斷堆積。而莫爾凡那件案子則愈來愈吸引他注意。作家感到比以往更需要傾訴。或許魚兒就快上鉤了……一天早晨，一封克拉拉．巴寧的信讓他起了戒心。讀到這句話時，他不禁心跳加速：「十月初，我們的樂團在西城將有一場演出。我們會在中午過後抵達，進行彩排，音樂會結束後，當晚就離開。所以，要見面是不可能的。不過，假如你在場聆聽，假如我知道你在場，那一刻將因而格外閃亮……」

起初，諾維爾差點撕掉這封信，或者除去信中所有關於音樂會的暗示後再寄出。他把信放在桌面某個角落，就這麼擺了幾個鐘頭。不能讓他們會面，就連互遞消息也不行。這在種情況下，離開東城以前，演奏樂手都將被監視，受到比罪犯更嚴格的搜身檢查。任何書稿都不可能若無其事地流入西城……這個共處於同一時空的盤算或許會促使他們在接下來的信中輕率地寫下什麼句子。誰知道呢？因此，在下午三點半左右，他決定一字不改，直接把巴寧的信轉寄出去。

這陣子，總有件什麼事讓諾維爾掛心，與書信本身無關；不過，可以感覺得出來：那些信件讓他心裡愈來愈清楚，想必不久後就會真相大白。八月底的一天晚上，他從小丘的南面山坡繞了一圈。正值尖峰時間。他在廣場上選了一張長椅坐下，從那裡可以監視阿貝思地鐵站的出口。好幾個星期以來，有種什麼東西吸引他往這個地方走。這真荒謬。在一個如此美麗的傍晚，克拉拉．

巴寧極有可能走路回家，或搭電車，甚至已經到家很久了。他觀察人群許久。他們總一下子湧出車站，隨即很快散開。在陣陣人潮之間的空檔，廣場稍微恢復安寧。紅磚教堂前方，計程車一輛輛溜過，掠過成排咖啡店，附近幾戶人家瀑布般朝大道墜下的層層階梯。

經過了大約半個小時，他站起身，走入哈維尼翁街。街底的方向，西城和傷兵院圓頂的燈火閃亮。某種感覺要他留在原地。他找了找身上的口袋，找出幾枚硬幣，然後走進電話亭，撥了個號碼。電話線的另一頭，有人拿起了話筒。諾維爾一個音也發不出來，就這麼過了好幾秒鐘。莫爾凡的情婦換了個語氣，又說了一次「喂？」，然後掛上電話。他急忙離開電話亭，只怕她跑到窗邊發現他。她會看到什麼？傍晚的熱鬧熙攘中，一個男人，遠遠的一個陌生人。

諾維爾回到家，覺得不太舒服。過了一會兒之後，他恍然大悟：他一直在等自己的電話鈴響。「你根本在胡思亂想。」他對自己說。「你沒能當成作家，就開始鬧不知道什麼小心眼。你真是個小人。」

一天夜裡，時值九月初，他被悶悶的敲擊聲驚醒。他迷迷糊糊，還以為天已經亮了，便翻身起床，不假思索地往門口走。不過，經過一面掛鐘時，他看到時間，全身的血液彷彿瞬間凍結。兩點三十五分。敲門聲又響起，外加一個冷酷的聲音，不容轉圜。他聽出是民兵隊在找同層鄰居的麻煩。民兵應該有三個。一個鼻音濃厚的主導問話，另外兩人則進屋翻箱倒櫃。過了二十分鐘左右，民兵們總算離開。雖然樓層的燈泡亮光微弱，諾維爾仍透過門眼瞥見第四個人影。偶爾與他打打招呼的那名房客跟他們走了。

有那麼幾秒鐘，他以為大限已至，為自己找到幾個被銬上雙手帶走的好理由。自從塞維耶失蹤之後，他就等著遲早有一天輪到自己被鉗制。只需塞維耶供出黑衛隊的信封，或他的望遠鏡，或他們之間的談話。在疑心最重的時刻，比如此時此刻，諾維爾不再自問：「我會不會被逮捕？」而是問：「什麼時候會被抓走？」無論在媒體上還是辦公室裡，他一直緊密偵伺著任何可能預示情勢嚴峻的訊息。

接下來的幾天裡，他試著想看克拉拉．巴寧一眼，卻始終見不到她。不管她家裡有燈光(他手持內政部的名片，向看門的婦人打聽出她住所的位置)，還是漆黑一片。幽會？不在？在那些窗戶亮著的夜晚，卻也從沒有人影走過窗前。好幾次，他從先前那同一個電話亭撥了她的號碼。每這麼做一次，都要注射一劑嗎啡才能對抗恐懼。

諾維爾隔壁的屋裡再也沒傳出平時的聲響。馬桶沖水，床墊的彈簧，碗盤刀叉碰撞，全部悄然靜默。一天晚上，在這新一波的空虛中，他覺悟到自己的生活中充滿了多少陰影；沉溺迷戀上一種書寫和一張照片後，他對這兩者之一有多麼不可自拔。他只聽她說過一個字。但那就像遠方地平線上的火光，是一項危險的警訊。遲早的事，他心想，假如他們願意給我一點時間。

第二部　美將拯救世界

一、

將近九月底時，諾維爾收到一份發給所有監控部門首長的公文。他讀後起了一身雞皮疙瘩：受邀參加的那類圓桌會議一點也不是個好兆頭，肅清政策通常就是在這種時候宣布。

內政部的走廊上，諾維爾碰見文化與情報委員。「諾維爾，您也來了？到底是多麼重要的大事，需要……」

「我不知道。」

「您有沒有聽見傳聞？」

「關於策畫……」

「不，是關於會議。內定的會議主席。」

「K？」

「假如只是例行會議，我們就不會全出現在這裡。」

「您說的對。那麼主席是誰呢？」

「一個幽靈，您和我都從來沒有親眼見過的……」

「克拉姆[17]？」諾維爾悶聲驚呼，心中盼望這個答案被駁斥。

「克拉姆。」對方證實，聲音低得幾乎聽不見。

「克拉姆。」諾維爾又跟著說了一次，彷彿剛才才想到：原來這個人確實存在。

這天的光線對比特別強烈。天候溫和，但這和煦溫暖的表面遮掩了某種可疑之事。他覺得這樣的光線沒有任何真實性。地平線切割得太過筆直，遠景中想必密密夾藏著冷冽的秋風。人們早已準備迎接寒風吹起。一切事物輪廓鮮明，屋頂天際線彷彿往前靠近了些。風神忍住沒伸手掀起歌劇院灰綠色的屋頂，挪放到遠一點的地方。「克拉姆……」諾維爾喃喃自語，走入會議室。他機械化地跟幾個人握手，然後坐下。「城市移植。」他心想。「假如這是真的……」他又想到那三個月的期限，根本沒人認為有必要當真。如果不是有特別嚴重的事件，為什麼黑衛隊的魔鬼指揮會出現在他們面前？

發言的不是衛隊指揮長，而是他的得力助手。他論及當今的嚴重情勢，警戒升高的狀況，要加強階級鬥爭，揪出人民公敵等等。目前，在這些如馬戲團小狗一般訓練有素的老套説詞背後，尚看不出其他任何意圖。

「接下來的幾個月，我們必須拆解內奸所設下的陷阱！」他突然提高音調説。說話時，他瞇著雙眼，有時閉上，有時睜開，露出貓科猛獸在強光下的細長瞳孔。「我們城市的茫然無知全被一古腦地吐進垃圾桶，埋沒進公有掩埋場。然而，這樣的粗心大意可以提供多少線索！多少間諜可以更快被識破身分！

抗爭太激烈，我們非得改用現代化的方法不可。從現在起，我們只需放下身段，分析粗心疏漏的例子，得知我們的敵人在想什麼。（說這些話時，他的眼睛直盯諾維爾不放，彷彿在說：您的方法已經過時，親愛的，監讀信件根本得不到任何結果！）沒錯，」他接著說：「在必須揭發陰謀共犯時，我們一定會清光他的垃圾桶！」

……與會人士皆花了不少時間去明瞭剛才聽到的那番話。計畫施行委員通常有五年的時間可消化各項指令，現在則皺眉良久。他想在警察同志呆滯的眼神中探尋一線曙光，拚命努力，以至於前額皺成了小型手風琴。這時，克拉姆的副手總算具體說明：「我們認真地做了一些實驗，成果極有說服力。一年前灰領階級的陰謀就是這樣被我們揭穿的。那些大學教授太過謹慎，成天打草稿，塗得亂七八糟，最後扔進垃圾桶。然後，他們又根據這些雛型寫下訊息。我們就是靠讀取草稿將他們堵得啞口無言。用這種方式做事的不只他們，各位大可放心。在垃圾間最底層可以找到各種草稿：有私人日記、遺囑、自殺者的遺言或逃往西城前留下的臨別之語。而除此之外，更有親手傳達的書信和邪惡小說的綱要。帶前衛色彩的文學作品不見得只出自馬克思主義研究所的菁英之手……在築堤工地裡也找得到！（說到這裡，他陰沉地瞪了文化委員一眼）就從這個星期開始，首批名單上的人將由我的部門以這種方式監視。不久之後，等一切就緒，其他可疑分子也將納入調查。」

諾維爾的信心瞬間搖搖欲墜。他大受驚嚇，自忖將被削減權力。他們抓他個措手不及。他看見一排排垃圾桶揭發主人的祕密；而在那些字紙簍前方，作家，藝術家和其他受害者飽受折磨，面色蒼白，被求刑逼供。他看見可疑的探員填寫資料，攤開紙頁，用放大鏡檢視其中的暗示、塗改。他想像一間間遼闊的粗心辦公室，設在舊採石場的地下廊道內。當其他委員紛紛起身，他開始懂了。一波新型態的恐怖即將席捲全城。然而，在這份報告中，最奇怪之處，是找出證據的決心。他們將範圍擴大，比通信這個特別有利於影射的領域更大得多；地獄中，人們剛又往下墜落了一層。諾維爾茫茫然地站起身。最近幾年，肅清行動頻傳，大規模逮捕一波又一波。權力機構不再滿足於達成年初設下的預期逮捕人數。各處監獄的大胃要求更多人肉。諾維爾害怕起來。許久以來第一次不是直接為自己感到害怕。在那天以前，他一直克己忘我地執行他的工作。在很長一段時間裡，這一切僅止於一場沒有賭注的遊戲，也沒有風險。他知道，不會有任何陰謀落入他的手中，就連一句對政府的微詞都不會有。監讀幾百封信就像同時發現一大堆手法平庸的小說，斷斷續續地閱讀。而現在，這場遊戲變成了賭注，一場危險的賭局。他們將更深入挖掘人類的意識。

諾維爾並不擔心莫爾凡，他想到的是即將盤旋在千萬人頭上的威脅，而那些人之中，包括作家的女性通信者。他拉線操控著的魁儡遊戲再也不可能永遠持續。如果什麼都不做，恐怕將失去所有接近克拉拉．巴寧的機會。也許還來得及。他微微打開皮夾：裡面藏了一張克拉拉．B的照片。

二、

日子一天一天地過，秋天到了。只差一個微妙難察的徵兆，人們就能明白：這個秋天與以往的不盡相同。九月底的某一晚，城中第一片離樹落下的葉子來自城牆邊的一株馬栗樹，位於城東。落葉翩然飛起，飛越河流，當著一名哨兵的面飄入西城。但西風卻趕它走，把它掃回東邊。於是，它飛舞了幾百公尺，得到新的動力，拉升高度，最後落在一扇冰冷的窗前。窗戶後面，一名妙齡女子悠閒地走著，全身赤裸，步入浴室後消失。她從廚房燒來一點熱水，開始清洗身體，想著即將到來的夜晚。如果街車班次不至太少，再過一個小時，或一個小時十五分鐘，他就會到來。在那之前，她任情感小火慢熬，一手貪歡地往小麥色的肌膚上塗抹乳液。克拉拉．巴寧抑制遐想，以免想起另一人的身體，週六狂歡夜的身體。但不知來客的口袋中是否如往常那樣，揣著一封來自對岸的信。莫爾凡不可能沒寫信。他也一樣，雖然人在那邊，她還是抓得住他……鏡中映出她最難得可見的笑容：伴隨眉頭微蹙，雙眸半掩浮起的微笑。克拉拉．巴寧心中澄澈寧靜。她的目光向下，移到堅挺的胸部，腰臀，大腿。她又想起作家。大作家在不知情的狀況下，送了這位溫柔的荷米斯化身給她。她先前就發現，每逢達西斯為莫爾凡送信過來的日子，她心情就特別歡愉……她從不急著拆閱，先把信擱在床頭桌上，從床上能清楚看見的位置，彷彿強迫作家本人——他的字跡，他的手，他的靈魂——旁觀他們繾綣纏綿。只有在這個時候，她才得以報復自己如此仰慕那個文筆太美的男人。一直要到好幾個小時以後，點亮床頭燈，她才拆開信封……電話鈴響時，克拉拉正想到這些。她的甜笑瞬間變成苦笑：擔心信使有事不能來。一拿起話筒，只聽見一個急促的聲音開始對她說話，是她不認識的人。那人的句子簡短，字字緊湊。是個簡單扼要的男人。聲音聽來遙遠，充滿焦慮。年輕女子沒想太多就回應了，並記下那人對她說的話。

三、

貝納．諾維爾對她說：去山頂。他朝四周望了一眼，沒看見半個人影。沒有人穿著軍服，也沒有在此散步其實是來監視的可疑者。他心底認為，基於某種理由，小提琴家不會來。但是，他仍執意按原訂計畫進行。

一旦她越過自殺橋，來到圓頂涼亭，他就會開始往上爬。到了那個時候，她已不能退卻回頭，必然會碰見他⋯⋯即使已年過四十，諾維爾仍相信：看見他出現，每個女人，本能的，都想尋找一個出口逃生。島上那座神廟亭，小丘公園那裡；他當時心想。與外面隔絕的地方，他第一個想到的就是那兒⋯⋯現在他人到了，而且提早了半個多小時，這才發現昨晚電話中的交談顯得多麼荒唐。

秋風凍紅了他的臉頰，吹得他嘴唇發青。他摩擦身子取暖。狂風吹亂了他的頭髮。「這一切真愚蠢。」他心想，「我只不過有幾句話要告訴她，卻抖得跟個孩子一樣。」他動念去湖閣餐廳喝杯咖啡，卻有種什麼事情把他釘在原地，留在橋上。環顧周遭一眼後，他放心了。附近無人徘徊。有幾家人在狂風中彎著身子，急忙朝出口走去。好個蕭瑟的星期天。也許簡直到了荒唐的地步，但他昨天選在晚上打那通電話是對的：一個星期中，在那個時刻，監聽單位的人手會稍微短少一點。他是這麼想的：在線路連上巴寧同志的電話之前，留守在各監聽站裡的人應該有很多別的事要忙。

好冷啊，這個星期天下午……寒風從岩石之間俯衝而下。橋上的諾維爾挪了幾步，向右轉，不急不徐地沿著湖走，來到一座露天音樂亭。枯木樹下，他撐肘倚在扶手上。此處無人。儘管視線不清，他仍瞥見圓頂神廟亭柱下方的崖邊有個人影隻身前行。

下起雨來了。阿爾卑斯山般的冷空氣從高處的岩石陣陣灌下。直到這個時候，他才曉得為何一切看上去都有些朦朧。這種感覺與毛毛細雨完全無關。他掛在臉上的是讀信時戴的那副眼鏡。這鏡片根本不能幫他看遠，但他不小題大作，繼續監視山頂的狀況。

不久之後，一個他並不陌生的身影從神廟廊柱之間冒出來。他看看手錶：早了十分鐘。出現這人影，他感到奇怪，閉起了減弱他視力的右眼，並摘掉眼鏡。他剛才隱約看見的原來是個年輕女人，身材纖細，一頭短髮。諾維爾急忙衝進雨中，快速通過碼頭，眼角始終盯著廊柱下的身影。他穿過一條隧道，走上吊橋，爬登階梯。從那裡開始就看不見她了。在另一座橋前方，左邊的小徑上……他停了下來，氣喘吁吁。不用三分鐘就趕到了。憑著一點運氣，他囚住了神祕客。一步一步的，他繼續往上爬。

復一日地在這些女神面前生活？……他想像法庭審判過分美麗的女子，一車車模特兒赴死般地被急速送往遠方的流放營，寒冷的孤島或月球的反面。對凡人而言，十個之中有九個會覺得克拉拉．巴寧的美是一種侮辱，無法忍受；諾維爾如此認為。

克拉拉．巴寧眨動睫毛，抖掉水珠。「您找我來這裡就是為了這件事？為了跟我談一名被禁的詩人？假如是的話，您讓我想起莫爾凡。有一天，他『召』我去文化中心的小酒館。我越過整座城，就為了聽他高談闊論，發表剛讀完的那本書的心得。（她笑了起來。）」

「不，並不全然為了這個。」

「抱歉請見諒，不過我很訝異，訝異他有審查部門的朋友。我把您歸為他們的同類，您不會生氣吧？」

「我的確是其中一員。」

「跟很多人一樣，您會說：『我埋伏在內部抵抗，我的職務若換別人來做，情況更糟。』」

「這話是您說的。曾有一個時期，我寫報告舉發了許多作品，把它們列為禁書。」

「您又回到這個話題上，似乎對這些事蹟頗感……驕傲。」

「您這麼覺得？然而我的第一個夢想是成為作家，成為大作家。」

「您究竟想說什麼？」

「想讓您明白我怎麼會變成莫爾凡的朋友。很簡單：有一天，跟他的許多讀者都會做的一樣，我寫信給他。他給我回了信。我們持續通信了一段時間，開啟了我們後來的朋友關係。」

「您昨天跟我提到一項危險。」

「一則忠告：別再把紙張丟進垃圾桶。這件事一定要小心。別把人家寫給您的訊息或信件丟掉，同樣地也不要扔掉任何您寫下的東西。」

她挑高眉毛，驚訝自己被叫來聽這些忠告。

「僅此而已。」諾維爾又說。這裡正是幾個月前，塞維耶試圖警告他另一項危險的地方。「僅此而已。不過，這些話我絕對不能在電話裡說。剛才說的措施牽涉到最高機密，談論其中的細節是嚴重叛國行為。但是，我曾當著莫爾凡的面，為兩位的通信做擔保。我不希望……此外，我也不知道能在這個職務上繼續待多久。狀況糟透，不過呢……」

「您的意思是我將被監視……」

「跟那些郵件早已被用放大鏡仔細審查的所有人一樣。別再問下去了。不是每個人都察覺得到，但是最近，人心之中有某種東西強硬起來了。人人受到鼓勵，以往日的理想之名，去對抗自己不好的部分。他們不斷告訴我們，每個人身上都帶著與自己對立的相反之人，那正是殺害自己的兇手。對，最近，什麼都強硬起來了……所以，拜託，請小心您的字紙簍，小心所有您扔掉的東西。」

然後，他們一起下山。「能見到羅曼．莫爾凡的女友，他一心牽掛的對象，我深感榮幸。」他對她這麼說。她沒做任何反應。走過吊橋後，眼看著時間一分分流逝，沉默令人害怕，諾維爾鼓起勇氣向她提議去橋口岩壁下方的湖閣餐廳喝點什麼熱的。她沒拒絕。他們上餐廳二樓。梁柱下，在其他日子的秋光中，諾維爾曾經和塞維耶來過這裡。想起好友，他的內心深處愈來愈不自在。然而，克拉拉．巴寧，在這裡……這不正是他夢寐以求又不敢相信的時刻嗎？

那天沒有咖啡，餐廳的人說。只剩洋梨汁。清湯要等晚上六點才開始供應。諾維爾提醒：在這個季節，到那時候公園已經關門。女服務生沒反駁。點點汙漬的方格桌布上送來兩杯冷的洋梨汁。他們不再提及任何與先前談話相關的事，僅注意到，在這家酒吧，字紙簍和垃圾桶都是空的。兩人看了都微笑起來。諾維爾當下認為那是一種心照不宣的默契。

不過，他們幾乎沒說話，默默看雨落下。守衛們不知從哪裡冒了出來，嘴裡叼著哨子。公園即將關門。諾維爾心中疑問，以後是否還有再見克拉拉．巴寧的一天？還是說，跟塞維耶一樣，她也即將消失無蹤？他付了帳，一起走出餐廳。

「莫爾凡，」在她離開之前，他詢問：「莫爾凡偶爾會跟您討論他正在寫的作品嗎？」

「從來不會。關於他的工作，他什麼也不願意說。據我所知，一直以來都如此。甚至，在還有婚姻關係的時期，對他妻子也不說。」

「您不覺得這很奇怪？」

年輕女子僅點了點頭。諾維爾認為她的表現真誠。「通信之事，」他對她說，

「請像以前那樣繼續吧！沒有什麼好怕的，只要您留意，一直經由這個信箱連絡。最好還是維持原狀。如果有一天，我出了什麼事，至少已有這麼一樣防範措施……」她露出悲傷的笑容，反過來問他：

「那些信，您都讀了？」

「……」

諾維爾本想問她誰是艾斯帕尼亞克，她又怎麼會找到這個中繼信箱。他本想問她一大堆其他問題，只為把她留住。把莫爾凡的信送來給她的達西斯是誰？在她生命中，他究竟扮演什麼樣的角色。是否，其實，莫爾凡的信已經變成一種藉口等諸如此類的質問。年輕女子帶著所有問題的答案走遠，沒有回頭。他殷殷期盼她會做出什麼表示，回眸一望，但全都落空。她走入波利瓦地鐵站，不見人影。「遲早的事，」他心想：「遲早有一天，她必將屬於我……」

他握有足夠的事項，能在他認為可行的時機威脅她。她給莫爾凡的每一封信，他都特地保留了影本。信中所寫的內容足以讓她在鐵牢裡待好幾年！她要出來可不是那麼容易。「好了，現在該您做出選擇。您真的想把剩餘的青春年華消耗在牢房虛度，還是要答應賜我芳心？」到時候他就可以對她這麼說。他臉上浮起一抹苦笑，以前都不曉得自己有這副豺狼心腸……然而，他一點也不為「強行闖關」的念頭所動。但若是克拉拉．巴寧始終保持距離，難以接近呢？

那天晚上，他漫步許久，選了一條以後什麼也不會記得的路線，走路回家。

四、

大廳裡，莫爾凡伸手探入外套右邊的口袋翻找，拿出一張票：十月四日二十點三十分。二樓B區。他最初猶豫了一陣子，結果，到最後，搶不到比較靠近舞臺的座位。「我會看去妳的。妳呢，妳別找我。他們會監視妳的每個眼神，所以，保持低調。我會在樓上某個地方。仔細凝聽，妳會聽見我的掌聲……」

他被領到二樓的第五排，第一包廂的最底部。一開始，他枯坐等待；後來又去買了一份節目介紹，像是要確認自己沒弄錯日期，沒等錯樂團。在緊張的情勢下，曾有那麼一段時期，樂團巡迴差一點取消。國家愛樂交響樂團，指揮皮耶·卡崗。第一部分：〈小提琴與交響樂D小調協奏曲〉、〈黃泉的天鵝〉，約翰・西貝流士的作品。小提琴：克拉拉・巴寧。英國管：安東尼・戴利拉。

樂團進場入座時，他沒認出她來。等到他終於調好劇院望眼鏡的焦距，她現身了。突然出現在彎腰成直角的指揮身邊，接受觀眾的掌聲。她在那裡，強光照射下，面帶微笑，側身站著。左半邊臉一直被遮住，包括臉頰上那顆痣，與唇角和耳垂剛好形成等距三角。「隔這麼遠，你根本看不見那顆痣。」心裡一個聲音悄聲對他說。「要不然我怎麼能證明那的確是她？」他回應。

「聽她演奏。」

現場恢復安靜之後，協奏曲最初的幾個樂句帶來他期盼的證據。他打了個寒顫。不是因為她人變得更美了，而是因為他曾拒絕聽到這一首旋律。以前，她總在冬日午後將盡時來練琴，來徒然莊。就是從那個時候開始。當窗扉關起，社區裡門戶緊閉，屋內的聲響，從外面一點也聽不見。他們窩入地下室的房間。克拉拉帶上樂器。他僅從寫字檯注視她，有時靈感一來，寫下一個好句子。

偶爾，他站起身去煮咖啡。她休息暫停，放下小提琴，空出的玉手纖柔伸出，朝他走來。

於是他們閒聊一會兒，而為了讓彼此的關係回溫，她常提起自己的音樂童年，光榮事蹟，以及最初幾段戀曲。

莫爾凡再次全身輕顫。突然間，他相信，這首哀板協奏曲的樂句喚醒了當時的寫作回憶，同時也將牽引出遺失手稿幾則零碎殘破的片段。他彷彿看見一塊一塊的冰從大片海冰脱落，漂流。他無法清楚辨識任何東西，到頭來，落得一場空。他的作品被全面取代，腦海中僅浮現克拉拉的童年回憶。她依偎在他的臂彎，再度對他描述在莫斯科音樂學院度過的那一年，獲頒柴可夫斯基大賽銀牌的時刻。「大部分拿獎學金的年輕學子，包括我在內，隨後都去了夏令營，阿爾捷克，位於黑海海邊。後來連續好幾年，放暑假的時候，我又回去了幾次。全世界的年輕人都聚集在那裡，宛如一場盛大的派對。每天早上，升旗典禮結束後……」某個夏天，她的父親臨時起意，從索契來探望她。「就在我唯一溜出去外宿那晚，我跟一個羅馬尼亞人在一起。我父親開夜車前來，在清晨時分抵達。」整個宿舍的人都以為她翹家，或逃到不知道什麼地方去了……附近一帶都被徹底搜查，自衛隊收到命令，以防，最後……這是她在那座奇異天堂的最後一次假期。「當我交回白襯衫和領巾時，我知道我再也回不去了，很傷心。」

……莫爾凡距離她幾公尺？十？十二？我的天，這麼近……按照規矩，在不致觸動鐵幕警報系統的合法範圍內，他能往前到哪裡？如果，現在，他站起身，下樓到樂團表演區，登上舞臺，純粹只是為她打氣，手放在她肩上，悄聲對她說：「我在這裡」；會招來什麼事？莫爾凡差一點放聲大喊。並非要自找麻煩，不，只是想在這座得體合宜的社交音樂廳叫囂：「唾棄暴君和他手下的霸王們！城市不該被切分！不該被遷移！」對，只是這樣，就為了讓她看見他。看見之後，他就會閉嘴。為什麼沒人敢在音樂會上吼叫？為什麼沒人敢把和平主義的口號刺寫在身上，赤裸地穿越閱兵隊伍？

音符把他帶回兩人邂逅那一晚，那次招待晚宴。當時，是什麼樣的隱隱直覺把他帶到她面前？今晚，她的詮釋當然無懈可擊……然而，莫爾凡腦中存著幾十個夜晚克拉拉在地下密室中反覆練習同一個樂章的記憶，因而察覺出小提琴女首席有一絲奇怪的不自在。這不自在從何而來？在最後一個樂章，她稍微奏錯了一個音，一個無關緊要的十六分音符，幾乎沒有人注意。在這十六分之一拍奏出的當下，幾道眉毛挑起，隨即放下。莫爾凡卻嚇了一跳。曾有多少次？他聽過克拉拉演奏這個段落，每一次都掌控得如此出神入化。今天晚上，他滿懷期待而來，畢竟這首曲子對徒然莊那些夜晚有著特殊象徵意義……噢，他並不否認樂曲有難度，正好相反。那是緊接在一大段詳和寧靜之後的一連串快板，而在樂聲的狂潮渦流中，一個音符翻覆。克拉拉想說什麼？他很確定，發生這類小缺失絕非一般小事。

她一退場走進後臺，莫爾凡便立即起身。只要他找遍所有通道的所有出口，他就不信無法在某個時刻遇見她。他的癡想頑強不撓……中場休息時間分秒流逝。雖然他打開了所有門，冒險接近樂手們的休息區，到處詢問，卻始終沒能再見到她。有那麼一瞬間，他聽見門板後面傳來人語，但那扇門堅決不開，就算他扭斷了把手也沒有用。門後，說話的聲音靜默下來。他等了一會兒，比正常時間久，這才發現，中場休息早已結束。音樂會的第二部分，小提琴首席不上場。她被軟禁在哪一間後室裡呢？

莫爾凡走出音樂廳，信步拱廊下，漫無目的地走著。大街的對面，一座公園關閉著的大門前方，停放著兩輛外國車牌號碼的大巴士。周圍設有鐵柵與保安警衛，阻止閒雜人等靠近。不久之後，這兩輛大車將駛到音樂廳後方停靠。

樂師們將帶著樂器走公務門出來，陸續上車。幽暗之中，莫爾凡一定什麼人也看不清楚，而整個過程頂多只要兩分鐘……

他們客氣地請作家離遠一些。他突然覺得自己很可笑：緊抓著這鐵欄杆的模樣，彷彿守在某個中學門口，等著扮演貪色的森林之神薩提爾。他真希望能偷偷躲在某個地方，慢慢等到大巴士開走，只為一嗅風兒未能吹到這裡來的，匆匆而過的那股淡雅的汽油味，辛烷值低，自從被驅逐以來，即對他的鼻腔中斷供給的那股汽油味。此外，也為了一償那卑微的心願，告訴自己：克拉拉就是救生艇上載著的某個人影之一……

夜裡，聽著鞭打在屋頂上的急驟雨聲，很長一段時間，他清醒未眠。他試圖瞭解出錯那個音究竟意味著什麼，回想起節目單上介紹〈黃泉的天鵝〉的那個句子：「當雷敏凱寧來到黃泉，也就是亡魂棲所，只見一條大河環繞。河上悠遊著一隻美麗絕倫的天鵝，滑行不倦，彷彿一場狂醉迴旋。」那時發生了什麼事？他起身想去倒杯水來喝，在一幅擺在床頭燈旁的一幅黑白照片前停下腳步：那是克拉拉在阿爾捷克，十二、三年前的影像。她站在一個露臺上，沐浴在燦爛的陽光下，雙手放在欄杆上，十指伸展，胳臂裸露。這張照片是誰拍的？她常說起的那個羅馬尼亞人嗎？相片背面什麼也沒寫，無法追溯確切的日期時間。克拉拉穿著一件白襯衫，橫印了一道藤蔓花棚的斜影。照片上只有她一個人。那個夏天，她留著長髮。那時，她已懂得展現那奇妙的笑容，從顴骨下方的那顆痣延伸，伴隨眼皮眨動，雙眼微瞇的笑容。露臺下方是種滿了柏樹的山坡，淺置在海岸長灘的細砂中。下方遠處，大海汪洋。要說是亞德里亞海或愛琴海也不為奇，但那是黑海。

五、

接下來的幾天，這座城市與地區下著前所未見的連日大雨。夏季時雷陣暴雨加上高山積雪提早消融，河川的水位急速上漲，甚至有許多條已經泛濫。河水淹上阿爾瑪橋上那尊佐阿夫輕步兵的腳，然後漲至膝蓋，胸膛。當月十日，他慘遭滅頂。圓筒絨帽在水面漂浮了一會兒，隨即跟著消逝。

幾天之後，塞納河吸納了尼羅河般的神力。圍牆有多處牆腳泡在水下，但河水仍不止息。某些地點出現一片片積水。十二日早晨，好幾個地區看上去宛如湖中城邦。這裡有人涉水而行，稍遠那裡有人划船穿越亨利四世大道的林蔭，一直到勒杜—羅蘭大街；西城那邊，則從法蘭西學會淹至大奧古斯汀堤道。積水在圓頂下汩汩流過。大河彷彿得知改道已是燃眉之急，於是在此展開一場決死殊戰。殘瓦碎片，各種意想不到的東西，從一邊河堤沖溢到另一邊；已有部分淹沒的城牆也擋不住，任幾百樣物件越過。西城為東城鋪上一層淤泥。到處可見酒瓶漂流。空瓶中沒有酒也沒有信，但在東城，人們卻也不放過酒標，小心翼翼地取下，動作緩慢得宛如進行一場宗教儀式。「珍貴麥芽。蘇格蘭威士忌。十八年。」人們將標籤夾在曬衣繩上，藏在後院晾乾，避人耳目。較高的瞭望塔，一如沼澤裡的鷺，日夜偵察無休。試圖趁水潛逃的可憐人們皆在機槍掃射下沉沒。

那天是十二號，某個大家都假裝忘記了的期限到期日的前兩天。自從一九一〇年的大彗星通過以來，城中未曾出現如此驚人景觀。那條河下定決心要消除界線。高漲的水位獨占人心。城外，邊界沒入滔滔泥流。

十三日那天，水位穩定下來，到了傍晚開始下降。圍牆好幾個區段又露出水面，但河水依然湍急，比以往更洶湧壯闊。大河像一隻一心想存活的章魚，朝河堤噴出一道淡色墨汁，彷彿在說：任何人都抓不住我！廣播愈馬不停蹄地每小時放送各種貫徹決心的宣告，河流就夾帶愈多汙泥並從樹林拔起枝幹。行徑日漸野蠻的大河吸引了右岸許多來自遠方的士兵。這些新兵垂首湊近河水，彷彿想再看見，年少時，曾對著清澄如鏡的窩瓦河面細細凝視的那張臉。

六、

在這段時期，儘管明顯看得出許多機關部門的運作受逆流阻撓，儘管政局騷動不安，一封莫爾凡的信仍在十四日早晨送到東城。那是一封超越時空的信，是一聲聲呼喚，來自比河流占據整座盆地更早的時代。「ЖДИ МЭНЯ，」莫爾凡用俄文寫道：「ЖДИ МЭНЯ И Я ВЭРНУСЬ……等著我吧，我會回來……」諾維爾認出康斯坦丁·西蒙諾夫一首詩作的前兩句。這片土地上。有種東西瀕臨死亡，但人們頑強抵抗，極度渴求精緻的食糧。那些用果戈里的文字所創作的詩句再次證明此事。ТОЛЬКО ЖДИ，ОЧЭНЬ ЖДИ！[18] 觸及不可譯的部分，莫爾凡轉動了一把神奇的鑰匙。因為，這些字的音樂性無法由地球上其他七千種語言傳達。他想把信讀完，但街上傳來嘈雜喧鬧，妨礙他繼續閱讀。

「又是一列軍車隊伍。」女祕書趴在窗邊説。「這可不是什麼好預兆。」諾維爾心想。發生了什麼事？女祕書的皮膚變得像瓷器般光滑透亮，杏仁狀的眼睛比平時拉得更細長，使她看起來有點亞洲味。「今天是幾號，同志？」她問他，把聲量壓得很低。他放下西蒙諾夫，朝她走去。「十四號，怎麼了？」

「您看看。」

幾十公尺長的隊伍中，只見各種土方工程用的機具，卡車和拖板車，朝北行駛。車隊以送葬隊伍的緩速沿大道前進，不時猛咳，清嗓，吐出黑煙。引擎轟隆震耳，窗戶都為之顫動。有人跑到他們的辦公室來，一陣風把莫爾凡的信吹到地上。「他們開始了！」來訪者大喊，卻又一溜煙地跑開。從一個辦公室感染到另一個辦公室，所有人陷入集體興奮高潮。活像蠻族攻進羅馬城時那種狂喜。諾維爾心想。他撿起那封信，嘴裡跟著説：「他們開始了……」

等著我吧！我會回來……以小提琴家的身分代筆久了，諾維爾打從心底認為：莫爾凡的信件有部分是寫給他的。放下那封信之後，他命令女祕書關上窗戶。她專心關注街上突如其來的騷動和卡車車隊，什麼也沒聽見。「關窗！」他用力大吼，幾乎喊破喉嚨。嘈雜聲減弱，諾維爾重拾信堆，繼續篩選。他覺得不甘心。由於他努力假冒莫爾凡的筆跡，由於扭轉他們的想法，由於對一名女子懷抱憧憬幻想；由於，坦白說，他熱衷讀她的信，操控她的情感，私下偷渡了自己的文字；由於忙著這一切，等他發現自己不再完全是原來的自己，已經太遲。沒人可以偷偷從暗門進入別人的人生而不遭報應。他深受失望打擊，檢視那一堆待讀的信件。若是在距今一個世紀以前，他恐怕會發現自己與巴托比有某些相似之處。巴托比是一部他在多年前偷偷讀過的一本小說的主人公。小說主角有段時間曾在退件部門工作，而他受到跟那個男人一樣的痛苦折磨。永遠無法送到收件人手中的信，因半路迷途，成為被審查員拆封過的廢信。在尚未屈服，向冷漠低頭之前，有很長一段時間，諾維爾覺得自己很可恥，而且，很可憐。多少人的生活曾被他帶著這令人作嘔的念頭闖入？慢慢的，指引他的燈火一盞盞熄滅。「一回生，二回熟。」人家這麼告訴他。啊，巴托比！啊，人性！但就在他以為微光已永遠消失時，莫爾凡和他的信件讓一抹死灰復燃，而現在，這餘燼閃著微弱的紅光。

七、

十月十四日早晨，莫爾凡起床時稍微不再那麼陰鬱。緊繃了好幾天後，他讓步了。難受的感覺逐漸減弱。他決定，暫時性的，放棄重建手稿。東城一定還把那份稿子深藏腹中。他覺得自己在這一年來回想起的部分實在相當微不足道，相較於囤積在那裡的，拿靈魂跟魔鬼交換他也在所不惜的那一千兩百頁……不，就算沒有這本書東城也會垮，它必將咎由自取。羅曼．莫爾凡即將重獲自由，成為完整的男人與作家。他不再是那個在市集上表演的大力士，要當眾賣弄力氣，展現他有打倒暴政的本領。他自認已把欠下的還清，從此可任憑那份手稿在某個洞穴腐爛。無所謂！他才不會低聲下氣地去求克拉拉把它從暗無天日的地底挖出來……「就在這裡，」他也做出定論，「在西城，我必須從零開始重新出發，如實描述這個世界。東城不久就要老死，而西城還能再撐好幾個世紀。」他又想起，驅逐出境那一天，乘車駛往邊界橋時，他在車裡問自己的那個問題：他還能寫嗎？這一年來，他停滯不前。不過現在起風了，揚帆的時刻到來。這陣子，他心中醞釀的新書架構已逐漸成形：上帝降臨大地，也就是說，落在西城。祂以人形現身，一如昔日祂的兒。這一次的任務對耶穌來說太沉重，因此，祂寧可親自前來。

人們審慎迎接。為小心起見，就好比要求外國人出示護照一般，人們請上帝帶幾樣奇蹟過來，以證明其誠信。在我們這個時代，騙子實在屢見不鮮。為爭取獨家轉播權，各家電視臺大打出手。結果到最後，由好幾家大新聞網共同聯播這起大事件。該看見的都將得以看見。直播過程中將插入十分鐘廣告，每一支都是天價。

上帝慈悲，屈就執行這些手續。所有人都守在電視機前，收視率直逼世界盃足球賽決賽的紀錄。然後，人們堅持請祂住進一間飯店的頂級套房，享有面海景觀。祂差點發脾氣。祂不喜歡這種安排。飯店被摘掉一顆星，接著兩顆、三顆、甚至五顆，祂的態度終於軟化，答應住下。

聯合國主席前來請益。上帝表達態度，偶爾給點建議，惶恐不安。或許祂先前並未掌握問題的整體影響層面，還好聽了顧問們的話，來此巡查。只是，這麼一來，他們都不讓祂休息。而這會兒教宗來了，歡天喜地的，臉上一副那種忍不住想吹擂的神情：「您看吧，嗯？我說的沒錯吧！」

但是很快的，歌功頌德盡說讚美的蜜月期一過，不少眉頭深鎖，哀傷難過的臉孔湧到上帝面前。「啊！您要是知道就好了！」只聽他們個個訴苦抱怨。人們把祂當成社會民生部的部長。

不久後，生活作息恢復正常。祂的報導只在晚間新聞的第二節才出現。而說到這裡，某天早晨……

電話鈴響。莫爾凡嘟噥著起身。

「喂?!」

「羅曼．莫爾凡？（他認出某個流放藝術家的聲音。他和他有點交情，但也訝異他這麼早就打電話來。）快開電視！（平時他講話的速度很慢，這次卻斷斷續續，急促緊張。）您還不知道嗎？」

「不知道。什麼事？上帝下凡來了？」

「您自己看吧！看完再回我電話。」

作家掛上話筒，呆呆地過了幾秒。大概是頭號人物過世了。現在，螢幕上應該正播著一個又一個檔案畫面，配上必然緩慢的葬禮音樂。直覺的，他選了東城的電視臺。重大事件，無論什麼類型，早已只有那邊會發生。黑白影像不斷放送，他努力辨識得更分明些。起初，畫面沒有任何聲音，但並非由於哪裡故障。旁白十分簡潔。有那麼幾秒鐘，他還以為是檔案影片，但很快的，他懂了。攝影機跟拍的卡車隊伍此時此刻正行駛在圍牆另一邊。「來自全國的機具，有幾十輛之多，正前往各預設場地集合……」電視機發出雜響。螢幕上出現一條條斑馬紋線，從上往下移動。另一個聲音接續，用朗誦般的誇張聲調播報。「從這座山丘望去，未來統一城的大半基地盡收眼底……」「千萬名男男女女，一大清早，即辛苦揮汗勞動……」接下來陸續撥放了幾幅景象：一個是砍樹的畫面，另一個鏡頭隨一群肩上荷著鐵鍬的男人移動，還有一臺攝影機則跟著一列推土機隊。

「仿冒品！」莫爾凡關掉電視，低嘆一聲。「大地竟變成了一座劇場……他們究竟動員了幾百個演員？這樣一場大戲，我的天啊……」他拔掉電話線，回到床上。再也沒有任何噪音來吵他，東南西北皆被拒在門外……睡眠得以安穩運作幾個小時。

八、

十五日一整天，一班班挖路工人繼續被運往一片方圓遼闊，無人居住的荒地，位於距離首都三十公里之處。他們帶著鏟子和鐵鍬，在厚厚的淤泥中施工，頭頂上空擠滿偵察衛星。

最令人擔憂的是，好幾個星期以來，水文學家和水道量測家們一直在河流源頭不遠處徘徊。還有那些起重機，在聖殿周圍打轉……十五日傍晚，起重機的數量多達五輛。每一輛皆伸長吊臂，各自瞄準一座小尖塔，鐘樓，甚或圓頂。小丘彷彿已被一幫惡棍綁架，亮出武器威脅。這些影像，莫爾凡都是在朋友家看見的。其中好幾人私下拿這事開玩笑。「簡直是一齣即興喜劇。」一位客人大膽比喻。「吹牛不打草稿！」另一人說得更露骨。莫爾凡則保持沉默。偶爾，他的信心也會動搖，很短暫，隨即找回平衡。透過某些徵兆，他恍然大悟：東城始終在他心裡，而且已將它淬煉得最好的精華再度一點一滴地灌輸給他。

貝納．諾維爾想親自打探狀況。由於他就住在附近，於是決定出門。但是，在階梯頂端，民兵列隊拉出一條封鎖線，阻止他繼續靠近。雖然一個小時前就已天黑，在那山上，工人仍持續活動。繩索拉開，鋼架結構，拆下的木板，朝天空搭建的鷹架穿破了薄霧。「薄霧……」諾維爾心想。「終於也來參一腳。就只差這霧氣了……這下子他們將可悠哉得逞。出現些許雲霧，剛好當作包巾遮住梁柱。蓋上之後，魔術棒一揮，寸草不留……」

九、

十月十六日。他們整夜施工。到底都做了些什麼？諾維爾聽他們驚天擾地，直到黎明才得以入睡。在這個星期天早晨，他一醒來就覺得頭又重又沉，腦袋裡彷彿存了每一記搥擊和工地所有的嘈雜聲響。而拉開窗簾後，他不敢相信自己的眼睛。圓頂上的石雕十字架不見了，另外，最高的小鐘塔也缺了一部分。兩架起重機將吊臂伸向建築巔頂，好幾把電鋸已架在那裡切割石塊。不久後小鐘塔上將什麼也不剩。諾維爾不願相信這是真的。圓頂上的那頂冠冕一定抵擋得住，它只是犧牲幾塊岩石讓他們做面子，對，借他們展現決心；然後一切都會回歸正常。

然而工程毫不間歇地繼續。下午即將結束，此時光線特別明亮，聖殿從方圓幾公里外即清晰可見，而圓頂上小鐘塔已被摘除。這是好幾組工人輪番接力的成果。西城，高級繁華區的露天咖啡座上，在這個美麗的星期天，人們悠閒安坐，觀看施工。晚間，教堂最高的部分出現一個缺口。聖殿的穹頂被敲破了！像敲開帶殼水煮蛋似的……失去圓頂的聖殿照片傳遍世界。一封封憤慨的聲明稿從各地昏睡已久的宮廷發出，西城著手成立各種委員會……

然後深夜來臨。幾個鐘頭的時間中，山丘一會兒回歸寂靜，一會兒又聽秋風在滴水獸像間呼嘯。教堂所有的鐘皆默不作聲。民兵隊讓好奇的民眾走近。好幾群少年先鋒隊，脖子上圍著紅領巾，爬上山丘。諾維爾走在他們之中，也來到山頂。拉著布條的小先鋒們喊得聲嘶力竭。沿路每隔一段距離就有民兵隊站崗，都對他們投以歡迎的目光。諾維爾好不容易從幾十個圍觀群眾中殺出一條路，卻撞上一堵人牆。現場安靜了下來。就在離他很近的前方，一架攝影機把鏡頭對準一位老婦人。

莫爾凡目不轉睛地盯著他家的電視機，不敢相信自己的眼睛。現在的人不砍國王的頭，改劈殿堂圓頂。如同斷頭臺盛行的時期，三教九流的人都來大開眼界。一名老婦人在鏡頭前再三肯定地表示，造成這種情況，西城必須負起全責。她已準備捐出珠寶首飾，資助工程。募款！早該想到了！這個字眼被喊了出來，即將滾出雪球效應……

畫面停滯在人群中，聚焦在面無表情的一張張臉上。莫爾凡與諾維爾目光交錯，但兩人皆沒有看到對方。

鏡頭帶回被削平的聖殿幾秒鐘，然後飛向一塊工地，那兒有幾百組工人在場打木樁。這裡將是某條大街，那裡是某座高丘的預定地，需運來多少立方公尺的填土和岩石。「他的墳墓。」莫爾凡心想。「頭號人物在那裡建造自己的陵墓，花了多大的代價啊……」

「這裡是大河未來的河床，挖掘工程正如火如荼地展開。」評論員以平淡的語氣繼續播報。「所以這已經不僅僅是仿冒品了。」莫爾凡心想。「如果他連土地都敢動，染指這片土地，那可不僅僅是仿冒品而已，不……」螢幕上出現一條大渠道，幾百名工人在溝底掘挖。「中國……」他喃喃自語。看到被截肢的聖殿，他大為震驚；但他仍然希望能把這一切想成一場吹噓騙局。一旦西城態度軟化，要把每塊石頭放回原位易如反掌。然而河流，土地……「如果只是仿冒，他們不必做到這種地步。這後面還藏著某種更深奧的事，他們在找某樣東西……」作家想重整思緒，平息怒氣。「別太認真了，他們不值得被當成一回事。那樣只會更鼓舞他們……」但他實在無法平靜下來……漸漸的，他明白自己心裡某個敏感之處被戳中。他明白自己不再完全是以前的自己。他顫抖的雙唇吐出平時根本不會想起的字語，聽得出是村落、小村莊或森林的名稱，皆是他在河岸童年中的重要地點。

那天晚上，莫爾凡接到的電話數量比一個月累積的還多。他花了好幾個小時講電話。他憶起掛在教室後面的地圖，那些年邁教師的聲音，突然為之一振。河流的青春時期在一座臺地上活躍，然後緩緩流入遼闊的平原；老了之後在英吉利海峽終其一生。大河前端怒潮滾滾，船隻加倍提高警覺。憶起這些往日情景，莫爾凡振作了起來：河水如醫神阿斯克勒庇厄斯之蛇，在草原上蜿蜒滑動。流經蒙特羅的河，流過腓力二世領地的河。為了傳出悲歌的平底貨船，為了傍晚工廠下班時分銀波粼粼的河灣，他挺而奮起。損毀破壞的工程就在他曾生活過並深愛過的城市展開。他對這一切反感，然而更令他憤慨難平的是預見一片遭受危害的風景：那是他兒時曾居住的鄉村。不，他們不能切除那條河川流域的風光。

一天之內，莫爾凡簡直變了一個人。他的態度終將逼出偉大的胸懷。目前他還處於那種被突如其來的侮辱愣住，不知該如何反擊的狀態。跟他一樣的，全世界都悶頭躲進了無法置信的沉默。螢幕上不斷播放著影像。多臺攝影機大量錄下一整片工地的畫面。在那裡，只見一塊塊岩石，一條條水渠，一段段地下通道成形，為一個瘋狂的想法奠定基石。然後鏡頭回到首都，在這兒，一塊塊白色大理石脫落，聖殿失去了冠冕。如果不採取任何行動……莫爾凡……你不能不痛不癢地待在這裡，被你同胞的瘋狂嚇傻，莫爾凡……想想你寫過的一切，這一輩子所寫的，關於勇氣和忠於自我的一切！你還記得嗎？你到底有沒有讀過自己寫給他們的東西？？說話！吶喊！

作家起身，關掉電視，離開客廳。他給自己倒了一杯干邑白蘭地，查看時間。電話不再頻頻響起。他覺得，這一夜，以及接下來的幾個晚上，他必定難以成眠。在聖殿附近圍觀的人群麻木被動，少年先鋒隊卻歇斯底里。他看了怒不可抑。那天晚上，列寧從他的大理石陵墓對他說悄悄話，問著同樣一個問題，反覆問了許久，以至於一片漆黑中，玻璃棺上竟形成朦朧的光暈字跡：怎麼辦？

安全部門加強士氣，全力防堵這個問題擴散，把問號視為一株危險的樹，使勁砍倒。變裝成一般車輛的公務車，側錄某些住宅區的入口，監控顛覆破壞的來龍去脈。還有這批軍人布署，城裡處處可見……干擾新的頻道，圍搜屋頂上和閣樓裡的天線……稽查員們邁著大步，遠遠地跟在午睡被打擾的灰貓後面，不分晝夜。只要他們一接近，天線通通消失，被一陣神祕怪風連根拔起。

人與人之間也一樣，產生了某種變化。政權的威嚇行動導致人們互相窺伺，互相猜忌，比平常更甚。他們話不多，但時不時的——這倒是前所未見——咒罵脫口而出。怎麼辦？諾維爾咬著牙，不斷自問。誰也找不出解法，工程仍在繼續。他們要求街坊委員會徹底盤點，造冊，拍照，並將社區街道所有資料交給各建築師團隊。國外許多政府共同商討對策，打算提出抗議。但似乎沒有一國看出這不僅是一項新的荼毒政策，背後必然有更周延，更深入的陰謀。
或許是一個窮途末路的政權垮臺前的最後反撲？

十、

猝不及防的，他們分別從好幾條小巷竄出，胳臂下夾著厚厚的圖捲，朝距離圍牆不遠的加力廣場中央聚集，人數不超過十個。花團錦簇的廣場正中心，「自由之塔」殘留的基石聳立在此，這座堡壘的陷落引發了大革命。他們拉開布條，穿越花壇，爬上岩石，重新喊起和當初相同的口號：「自由的城市打不倒！」七次、八次。他們矗立在上個世紀交接時被挪放到這裡的高塔基石上。

民兵衛隊從附近的城牆鑽出，衝上前來。警棍一陣亂打。布條被扯爛，踐踏。示威者們被推進一輛軍用篷車。布條被收拾乾淨。篷車轟隆出發，駛往安全局總部。空氣中只留下一股柴油味。

他們是誰？沒人知道。他們抓到時機，喊出了口號。而在附近的公寓裡，街道上，有人側耳傾聽。他們就只有十個人，看見他們的更少之又少。是怎麼辦到的呢？在那之後，風聲就傳開了。口耳相傳之下，席捲大街小巷，滲入十字路口，爬上階梯，跨過警察管制站，橫越水溝，煙囪，徘徊不去……這裡，一名天文學家不顧天狼星散發著魅力，去聽助手轉述；稍遠的地方，一名生物學者從無限微小的世界中擡頭，探聽那件事。一名外科醫生把內臟重新裝回去，只為聽麻醉師透過口罩悄聲低語。更有那名航管員，差點把一句粗話呸出口，沒給一架四引擎飛機准許令。還有那名獨奏家，琴弓輕顫，在她的演奏生涯中，第二次漏了同一個十六分音符，因為彩排的時候，英國管樂手附在她耳邊說了那則消息。或是那個男人，俯首處裡一堆拆開的信，剛聽見他那名生著一雙杏眼的女祕書說：「一場示威，同志，在亨利四世大道附近。」貝納．諾維爾擡起頭，睜大眼睛，不敢置信。那時是傍晚六點。天色已暗。黑暗中，耳語將公然進展，速度更快。諾維爾要她壓低聲量，再說一次；他同時去打開窗戶，擾亂竊聽。「十個人左右。四樓已經知情。抗議遷移城市，拉了布條也喊了口號。已全數落網。」

這天晚上很像去年冬天的某一晚，那天塞維耶突然闖進他的辦公室。諾維爾又想起好友。他現在蹲在哪個潮溼的苦牢裡呢？說不定這十個沒大腦的傢伙已經去跟他關在一起了。諾維爾想像一臺巨大的吸塵器，把反抗者如被踩扁的臭蟲一般全數吸進去。現在誰能來阻止它？這個畫面並不比死亡令他消沉。但他只希望，在那一刻來臨前，還有時間……

他想到那幾名示威者。「那些傢伙是哪來的勇氣？我可變得真不少……半年前，我還會打開牢房的門把他們趕進去呢……所以人世間究竟發生了什麼，竟讓我變了這麼多？……」諾維爾觀望遠方，從一處燈光到另一處燈光。寒意逐漸侵入他的辦公室。一陣風吹響門板，女祕書走時忘了關上。「到底是哪幾扇門，在我背後響了好幾個月，哪來的陣風刺穿我的生活，還有那些遙遠的火光……」這一晚，他不再有進幾個月來那種把他釘死在椅子上的麻木之感。是哪些門板在啪響？其中一扇在他面前打開，顯現克拉拉·巴寧的身影。而就在他從一處燈光一到另一處燈光，沿著對岸閃爍的天際線觀望時，一種想法突然浮現。那並不是個全新的意象，已經放在心裡一陣子了。現在總算找到了根據。黑暗中，諾維爾微笑起來。如今的他站在十字路口。K上校昂立在他的右邊，一隻手搭在他肩膀上，低聲說著幾個字，像是忠誠。黨。革命。人民……然而現在出現了另一隻手，同樣具有說服力，但是細膩溫柔，輕輕撫著另一邊的肩頭。那是一名小提琴獨奏家的手，而她悄聲對他叶著其他字眼：城市！愛。城市！女人！美……

諾維爾嘆了一口氣。他有一段時間可以測試自己的想法，然後決定自己要為哪一方力量效命。或許，他的「想法」只不過是一則空想。接下來這幾天，他對自己說，那份手稿是否確實存在，應該就能真相大白了。到時候……這幾個月來學到的所有仿冒技巧將重新派上用場；而他也不能理所當然地繼續退縮，不去聽這兩個聲音同時對他反覆叨念，直到震耳欲聾：愛！黨。城市！忠誠！不忠……美。

十一、

「誰知道，接下來的幾個星期，郵件還能不能流通，我們寬大的『傳信人』會不會被其他單位取代。簽證的核發數量掐得很緊，與西城通上電話堪稱奇蹟。自從那件事之後，你一定也聽說了，羅曼，我們這裡瀰漫著奇妙的氣氛。有一股隱忍的憤怒逐漸擴大，似乎使群眾的謹慎戒心後退了。雖然現在還沒有人採取行動，但人們已開始談論。有種什麼正在緩緩發酵。另一邊，城市的北方，工程仍在繼續。他們在田地裡挖地下鐵，用水泥鞏固河床，翻土，搬土。人們起疑，感到失望。你還在等什麼，羅曼？你的話將被傾聽。說吧，你的言論將被聽取。我們大家都不一樣了。

這裡傳著一個謠言，關於一份手稿；據說你在那篇小說裡把那個人當成攻擊目標，指的是哪個人你知道。某些人為此操忙，尋寶似地急切搜找。他們懼怕那份稿子。你曉得凡與那人相關的過去皆被沉默嚴密包圍。若那團沉默被打破，一切都將不同。但唯有像你這樣的聲音能說得鏗鏘有力，並餘音繞梁久久不散。透過文筆將他最唾棄自己的部分永流於世，把這處『疳瘡』寫進文學，這就是他的憂懼；他，身為知識分子，曾當過文學教授的那個人。也許讓這篇文字重見天日的時候到了。不管報章媒體怎麼說，這裡的情勢不堪一擊，肯定比二十年前更脆弱。莫斯科已不再關照我們。」

諾維爾接著又唸出幾個不太重要的句子，命令署名**克拉拉**。「動作快，」他對筆跡臨摹員說，「而且要盡善盡美……這封信必須在今天寄出。」他有種感覺：這一把不是全贏就是雙輸。前一天晚上，K把他叫過去，給他兩個星期的時間。「要不然，我們將不得不另找一個看起來能早點交出成績的人來把您撤換掉。」

所以終於到了這一步，他心想。這麼說的話，他們現在已經相信手稿不存在，安心了。依他們的看法，莫爾凡應該已經試圖把稿子運到西城。甚至或許他們早就找到了，只是沒告訴我而已。因此，從他們安心的樣子研判，他們的目的只有一個：排擠我。K派再也受不了另一股勢力為了調節各路線而到處安插的黨員。兩個星期！這段時間可讓他們「體貼周到」地把一個敵人從A點趕到B點，至於B點是哪裡還有待裁決：外省？低階部門？或是駐防地執行委員會……如果，從現在起到那時候，他們想不出任何惡意顛覆的控訴，我就能獲得調職，全身而退，他們應該不討厭這樣的結果。他們可藉此漂亮地凸顯他們游刃有餘而政敵能力太弱。甚至不需要坐牢也不會遭到流放……

諾維爾推想到此為止。被逐出這座城！被逐出一座即將搬遷到郊外的城市，這其中頗有可笑之處。於是，許久許久，他又想著小提琴家。初見她的照片，書信，從電話中聽見她的聲音甚至與她邂逅，引發這一連串強烈的愛慕之情。邂逅這個說法貼切嗎？克拉拉。為了這個名字和一項神祕的困惑，他必須牢牢抓緊他的職位，這座城市以及他的任務。啊，K那張臉……兩個星期！他想像他皮笑肉不笑的滿意表情。然而，萬一在他給的期限內，諾維爾不等召喚就逕自走進上校的辦公室，當著他的面交出手稿，他又會露出怎樣的嘴臉呢……

對這個男人來說，其他許多人大概也差不多，迫切之感已達顛峰。採取行動才能釋放見到小提琴家後的沉重壓力。他想像筆跡專家在樓上展現技術與細心抄寫那封信。諾維爾陷入一種呆鈍狀態。如果，出現奇蹟，他墜入自己的陷阱，得到了一直在找的東西，那該怎麼辦？因為他已經不太確定，當初設下這樣的運作策略是否單純為了確保自己能繼續待在這裡，在這個充斥耳目的地方。一股更強烈的力量在他內心深處發酵。那是一種對暴政極權的不安之感，但始終說不清楚，像是怕錯過一場約會的某種擔憂。

十二、

星期三早上，八點……莫爾凡心平氣和地醒來。好幾天來他躊躇遲疑，私下會見了幾位政治人物，行政祕書，同遭放逐的同伴和朋友，終於下定了決心，釐清了想法。

莫爾凡下樓拿郵件。記者會定在一個小時之後，時間不多了……然而，那個筆跡，克拉拉的來信！車子已經在街上等他。「稍等一分鐘，我還沒完全準備好。」然後那分鐘過去了，然後又過了好幾分鐘。莫爾凡試圖平靜一下，支肘倚在窗臺；晨間時分，東城屋頂上的陽光總從那兒反照進來。司機又按了一次喇叭。「再一分鐘，抱歉。您要喝杯咖啡嗎？請進，他們會等我們的。」

他一口氣讀完克拉拉的信。與平時習慣不同的是，他沒有再讀一次。一切寫得那麼清楚。他已經考慮了好幾個月。找回那份書稿，但是能怎麼做？東城已經變得如此滴水不漏。對，他經常思考這件事。通了那麼多封信，原本可請她每封信中夾帶幾頁。但是……最後，他終究沒提。一直有種預感要他再等一等。然而，只有她有徒然莊的鑰匙。只有她熟悉那幢屋，當然不是每個角落，但很容易就……而今天早上，倒是她提出了同樣的想法，等於在乾草堆中點燃了一根火柴……怎麼辦，怎麼說，才不致步入歧途？司機早就喝完咖啡。「該走了，莫爾凡先生。」作家意興闌珊地對他一笑。假如他能當司機就好了！那麼他就可以對其他人說：「時間到了，該走了。」

他拿了一張名片，草草寫了幾個字，塞進一個小信封，注明地址和收件人：特里斯坦·艾斯帕尼亞克。「我準備好了。不過，請您試著在路上經過一家郵局。」

十三、

「……所以，」作家對著畢恭畢敬的麥克風陣繼續說：「現在只剩一個辦法。面對暴君的好大喜功，我們應該試著用同樣荒謬的手段回擊，但是方式要和平，而且，怎麼說，要合乎人性。我曾一時以為暴君的瘋狂行徑會引發軒然大波，動搖人心。然而，度過幾天驚訝的日子之後，那裡的生活又變得比以往沉重。那麼，既然抗議聲明起不了任何作用，既然沒有一隻耶利哥羊角[19]能吹響戰勝狂魔的號音，我們就應該借助靜默的力量。在思考過其他的行動方式之後，我做出這個結論。

靜默。以我個人而言，從今天起，我將暫停三十年來賦予我人生意義的活動。

只要那些威脅這座城的計畫存在一天，我就一行字也不寫。我要展開人生的罷工。所有暴君都畏懼靜默。這場仗的戰場在這裡。我不要求任何人做什麼。這是我個人的決定。我的藝術家和作家同儕們，請自行判斷：停止創作，演出，停止以某種方式散播美感，難道不是較好的做法？因為，透過隱藏自己，暫時退出舞臺的方式，或許，美將能拯救世界。我深信，以暴力完成的革命最不堪一擊。但若蝴蝶不再拍動翅膀，舞者停止旋轉，作家不再想像，音樂家也停止作曲，世界的改變將能長久持續，因為它無法忍受這樣的靜默。藝術是文明的氧氣。雜音，則供野蠻人呼吸。

接下來這段時間，如果城市移植的工程仍不中止，我將出版一部前幾年在獨裁政權內部寫的長篇小說。內容必讓暴君發抖。這將是我的最後手段。」

莫爾凡的發言通過上千支天線審查，他的影像和宣言被發射到上太空，藉由衛星反彈，回送到遠方各國。地球，恐怖大地……「無用之事對人類而言不可或缺。藝術家們的靜默能豎立另一座高牆，遠比各種烏托邦所建築的圍牆強大得多……」

十四、

星期四。在東城，部分作家不提筆寫作，改而重拾閱讀。芭蕾舞孃們的動作變得緩慢。沉重。槌聲間隔拉長，這一幕或那一幕的布景無法及時完工。作家聯盟不痛不癢地譴責莫爾凡的呼籲，新聞稿中夾雜了一個錯字。

從早到晚，整座城都陶醉在亂烘烘的氣氛中。但專家的耳朵聽得出來：這個地方或那個區塊，音樂學院附近，劇場後臺裡，某些雜音消失了。濛濛細雨中，人們為一位前晚過世的芭蕾舞首席送葬。聰明的狗兒繼續表演那幾套把戲，但馴犬師對牠們投以鄙視的目光。「多麼奇怪，」一名小提琴家在戀人耳畔喃喃低語：「你聽見了嗎？簡直像是一個逐漸被大雪掩埋的國度……」大地，恐怖大地……

星期五，九點。諾維爾的辦公桌上送來一綑信。他毫不猶豫地從中挑出有著莫爾凡字跡的那封，激動地拆開，找到一張兩行字橫槓中央的卡片：「我願接受妳的幫助。妳能確保我不久後整份收到？」

在全城居民中，或許僅剩諾維爾還在懷疑那份手稿並不存在。事態已明朗，但他仍無法相信。這就彷彿，在審查官員生涯進入倒數之時，他獲得了一張證書。然而從這份證明到書稿本身，距離還很遙遠。諾維爾望向牆上的行事曆。一年的第三百零二天。街上的噪音吵得他煩躁起來。他撲到窗邊觀看。又是一列卡車和挖土機車隊。

「他們好像準備要在歌劇院動工了。」女祕書對他說。他嘆了一口氣。降職發配到外省的窮鄉僻壤。克拉拉．巴寧……丘頂的公園。女音樂家的軀體。臉蛋。凱比安。凱比安的聲音。他的派系，分支。他的女祕書。陷阱。降職，流放。聖殿。一去不回的旅程，還有這個夏天的塞維耶！這是什麼樣的故事……什麼樣的一年……

諾維爾重回崗位，面對他那一頁紙。在線條複雜的幾何圖案中，他停下筆，轉彎改向，尋找出路。在他那雙審查專員的利眼之前，浮現一張張臉。他想起莫爾凡的一個句子：「……這樣的邂逅，人的一生中大概僅被賜予三、四場，但我們通常都錯過；而錯過了就不可能重來……」這三、四場中的一場。諾維爾數算著，並想起自己曾錯過兩場，至少兩場，或許三場。他又看見那些日子璀璨的光芒。多麼耀眼的亮光！難道不正與今天的一模一樣？他擡頭望天。對……今天正是人生中少數難得的那種日子。這一次，他不會再錯過了。他拿起電話，用冷酷的語氣把人叫來。

「原封不動地記下我說的每一個字：『克拉拉。由我來請妳幫忙的時候到了。為了這座城，為了這座城的生存，我希望妳能趕快把一份稿子寄給我。事態急迫，克拉拉。盡快告訴我妳是否願意幫這個忙，如果是的話，我會告訴妳該怎麼做。』我今天下午結束前就要。別忘了，跟以前一樣，您練習時寫的草稿全部都要一起交給我。重要的是，動作快。依我推測，不久之後，就不再需要您的協助了。」

然後他爬上頂樓，去茶水間。本能的，跟每次休息時間來這裡的時候一樣，他會在人群中尋找塞維耶的身影，但遇見的盡是別的面孔，僵硬，如土。沒有人主動接近他，他猜想他們會不會都知道了。「知道什麼？K給他們一個個打電話，命令他們別再跟我來往。還是說，他們也都成了社會害蟲？誰會知道呢？」城市，遠遠的。從這裡看得很清楚，那座被砍了頭的聖殿。「他們把它變成了一根枯木。別無選擇。我們每個人都被當成一樣可削砍的東西。一開始，他們把十字架和信仰連根拔起。然後，一磚一石地……」

星期五，晚上八點。一隻有著音樂家靈巧長指的左手拿起話筒，女人的聲音：喂，然後，啊，是您！有什麼事？接著一陣漫長的沉默。隔壁房間的床上，被單下，一個男性的形體，翻過身。從電話這頭，她遠遠望著。因為，馬上？……對，我家裡還有別人。很緊急？……那就在這附近吧！您在哪裡？這樣的話，給我十分鐘……

幾分鐘之後，她走下街，向左轉，來到幾乎無人的阿貝思廣場。紅磚教堂對面，一個男人坐在長椅上，藏身在一具老舊的白色旋轉木馬後面。他站起身，走到她面前，立在樹下。現在，他們並肩走著。

「哪裡可以讓我們安心地好好談談？……不，咖啡店不行。去您住的地方……？」

「我已經告訴過您，我家裡不只我一個人。」

「那我們邊走邊說好了。是誰？」

「跟您沒關係。」

「抱歉……我的意思是：是可以信任的人嗎？」

「當然，為什麼這麼問？」

「為了我要說的所有關於莫爾凡的事。」

她露出微笑，沒有特別去看他：「若是為了這個，完全沒問題。信都是他送來給我的，有時送到我家，有時送到排演廳。」

「莫爾凡對您來說已經疏遠？」

「所有離開到對岸去的人，對我們來說，都既相近又遙遠，跟死去的人一樣。不過，如果您想說的是……不，那可不對，您別會錯意。那一點也不重要。」

「所以，莫爾凡仍是莫爾凡。」

「到底有什麼事？」

他們沿東西向的街道走，繞過小丘，走過總部山腳部分的外圍，上方是永不消融的積雪。稍高之處，在那奧林帕斯山上，眾神在他們的莊園屋頂下，在從內部持續燃燒的紅星之下，不斷編織又拆解的陰謀。小提琴家和諾維爾循著軌道繞行這些星星，走在街燈下。遇見路人或民兵警衛時，他們就靜默不語。他把信遞給了她。她讀了。現在，他對她說：「這是最近該交到您手中的信件之一。我不知道他們還會讓我過幾天安心的日子。幾天而已。在那之後……這就是為什麼我會打電話給您。您必須盡速給他答案。願意，還是不願意。」

她想到，當有一天兩人之間產生了感情，有些門因而敞開，有些門則隨之緊閉。生涯，志向，革命。這些字阻礙她的思緒。自莫爾凡離開以來，她的恨意已大幅冷卻。對，「莫爾凡仍是莫爾凡。」愛仍是恨。她要求給她時間。他卻回答現在已沒有時間。「一或兩天，給我一、兩天……我有兩份摯愛。他，和我們的國家。我愛他的作品和他本人，而另一方面，也愛政權從戰爭後即展開的建設，還有那位，不管人們怎麼說……」

他打斷她：「我懂。」

「不。您不可能懂我愛到什麼程度。我去了一場又一場的演奏會，走過一個又一個首都。我做一些表演。有一天，我揭發了一位打算留在國外的同志。我們的巡迴因而縮短。當時我覺得對祖國做出了貢獻；也對那位人物效了力。不要評判我。幾年後，莫爾凡被驅逐了。我以為我們兩人的關係應該已在人們心目中一筆勾銷。而這時您卻上場了。您是一位不速之客。突然間，我意識到這座城被一分為二，我的摯愛分裂成兩大對立區塊。莫爾凡寫了一封又一封信，讓我明瞭他並未變成魔鬼，也不是生活在地獄裡。有時候我覺得他不一樣了，變得很奇怪。自從他離開後，有兩股彼此不容的層面同時並存在我身上。我……今晚上什麼也無法告訴您，很抱歉……這些感受還太強烈。」

「但對莫爾凡來說，事態緊急！」

「我知道。對其他人來說也是。您曉得關於那部小說的傳言。我能想像，安全部門那些人受困於狂想的痛苦。這種瘋狂造就他們一種特殊的世界觀。在他們眼中，一份人民公敵的手稿，已變成一頭神話怪獸，不是嗎？九頭蛇。他們在一個地方找到一份稿子，但還有其他手稿沉睡在別處。而遲早有一天，他們必能得手，我說得沒錯，對吧？砍了一本書後，他們就以為同時有其他書從別的地方長出來……終於找到了旗鼓相當的敵人！以及監禁的理由。」

「我想跟您談的不是安全局，而是莫爾凡……」

「莫爾凡！他一直不肯脫離童年時期的夢。他仍相信藝術能給予撫慰，馴服人們的瘋狂。這場創作界的罷工是個漂亮的點子，未來會有成果，但在今日，現狀之下……」

「您會跟著罷工。」

「不會。」

「如果您決定幫他，請盡快寫信給莫爾凡，最遲別超過星期日寄出。我會在星期一或星期二把信攔截下來。」

「如果不幫呢？」

「也一樣這麼做。但還是要通知他，盡快。」

她跟他相隔已不到一公尺。繞著圈走啊走的，他們來到了聖殿附近。既然話都說完了，她打算從一條人煙不多的小路離開。他絕望地想說些什麼來留住她，但什麼話題也找不到，沒有。美豔動人這種話她大概聽過幾百次了吧？但除此之外還能說什麼？

兩人交談之時，好幾次，諾維爾以為從她身上尋回了某段舊時回憶。他無法清楚辨識任何細節。究竟是什麼呢？那遙遠的記憶迫使他想起一些熟悉又模糊難辨的影像。一片海上的遼闊天空，一種璀璨的亮光，以及純粹無瑕的線條紛紛浮現。重現心中的這幅風景來自童年的哪一天？遙遠童年的哪一天？是不是當世界的第一個早晨來臨，所有的一切嶄新，包裝尚未拆封，標籤都還在，他無比貪婪地回味追尋的記憶？

後來，他從回憶脫身，走在街燈下，掉頭離去。這時，宛如埋伏在暗處的強盜一般，K上校的身影忽然竄進他的腦海。

十五、

對情婦簡單俐落的回答「好」，羅曼．莫爾凡迅速做出反應。星期三早晨，一接獲訊息，他就寫信給她。諾維爾在星期五早上攔截到這封信。幾個小時之後，趁著女祕書溜出去休息，他撥了克拉拉．巴寧留給他的一個電話號碼。他們要他等一下再打，等彩排結束之後。但女祕書在那之前就回來了。他什麼也做不了。莫爾凡的訊息有如天書般晦澀難解：「去找我的女管家，妳必須想起她住在哪裡。跟她談伏爾泰。她會懂的。」

將近傍晚五點，在這一區，本應熱鬧的街道卻仍一片安靜。一刻鐘後，軍用篷車隊轟隆隆地駛過，宛如一列黑色老鼠，朝火車東站前進。然後，一切恢復平靜。一直到一個小時以後，他正準備離開，而且，為了爭取時間，事先叫了一輛車，聽見了那個傳聞。幾千名示威者正湧向共和國廣場，聚集在雕像下。急速趕往的軍用篷車隊在中央分隔島上放出民兵衛隊和警犬。在強力水柱的冷雨沖灑和警棍狠打之下，一切不到一個鐘頭就解決。傷者和被捕者被吸進軍車貨篷內。「諾維爾！貝納．諾維爾……」一個聲音遠遠地呼喚他。

那批集合示威的人讓諾維爾徒增困擾。這表示，不僅是他，其他人也有那種不安，感到恐懼與殘餘的人性良知融為一體。一份手稿可以兑換幾個廣場上的示威群眾？到頭來，關於人們期盼著的那些手稿，就讓它們永遠沉睡在祕密深處反而較好。坐進車後座時，他不等人家問，主動開口請司機前往山丘。

「特綠丹大街！」從那裡走路穿過阿貝思廣場，幾分鐘內就能抵達巴寧的住所。

「……我記得她。」小提琴家讀著信裡唯一的一句話，又說了一次。「那是一位非常優雅的女性，大約六十多歲。她每個星期去莫爾凡家整理家務。他們彼此是朋友。我想，對她，他有種摻揉了尊敬和同情的感情。他喊她『我親愛的管家』。在成為他家的員工，賺得溫飽以前，她曾當過小學教師。不知道為了什麼原因，她被開除了。而真正的原因是她極排斥填寫學生觀察報告。報告內容是每天早上記錄學生描述父母親的行為。『所以，孩子，他們都好嗎？你呢？爸爸生氣了？為什麼？你說什麼？因為肉鋪裡沒有肉了？因為總是被同樣的人買走了？用什麼買的？特殊的糧票？』她再也受不了，也不打算隱瞞，於是人家叫她捲鋪蓋走人。幾個月之後，她被派去山丘區打掃那些華美的住宅。很奇怪，您不覺得嗎？一個與人民為敵的女人清洗總部的臺階和地面，擦亮銀製餐具。他們找的都是受過良好教育，談吐得體的女性。莫爾凡覺得這個女人非常值得尊重。我知道，他們兩人常一起談論文學，她持著掃把，他坐在沙發裡。『她的見解十分細膩。』他經常這麼說。他拿了幾頁稿子給她讀；她毫不猶豫地說出意見，提出糾正。『她好比一座語言的掛鐘那般精準。』

他對我說。『她一下子就找出錯誤，修改我的句子，使它們熠熠生輝。』尤其是，跟圍在莫爾凡身邊那群吹捧他的人相反，她從不顧忌，勇於批評。她知情手稿之事，我並不訝異。」

「一個沒有人會想到要向她詢問任何事的女人……那您呢？他一點都不讓您知道？沒讓您讀過隻字片語？」

「尚未定案的稿子，莫爾凡從來不讓他喜歡的女人讀。他的文字只要尚未被印成鉛字，就維持祕密狀態。他心愛的女人讀到的必須是完整細緻的成品。她會在出版前兩個星期收到簽名書。這是慣例。他從不違例破壞優先順序。情面和體面兼顧，誰也不得罪。」

「您知道『女管家』住在哪裡嗎？」

十六、

諾維爾走在小提琴家身邊。他對她說：「他們今天下午來找過我。一時之間，我以為他們要來逮捕我。不過，他們不會在工作場所抓人，而是在昏暗不明的地方，或者直接去他家。今天來了兩個人，表明要帶我去安全局。我跟他們走了。有人想見您。我已經習慣不問任何問題。他們也就沒再多說。您知道的，一生中曾經真的極度害怕過的人，有了那次經驗之後，就不會那麼害怕。比較起來，甚至覺得很溫和。還很遠嗎？」

「不，把地圖給我。我曾經過她家門前一次。司機先載她一程，然後才送我回家。」

「宛如晴空之中有一片雲擋在太陽前面。恐懼被馴服了。人不再屈服於那些擾亂心緒的念頭，不為所動。人會告訴自己：這麼多年都努力撐過去了，一定可以再撐個幾年。他們帶我到一個我不認識的部門。找我的人不再是K，而是一個新生代的人物。這是最糟的事：他們從來沒嚐過害怕的滋味。一個彬彬有禮的男人現身，請我坐下。我的整份檔案都被拿走了，克拉拉。他要求我把我手上所有的資料、信件、報告，以及一年以來的所有手抄影本全交出去。您瞭解這表示什麼嗎？一個字也別再寫給莫爾凡。我什麼都幫不上了。我已經用最直接的管道給他捎了訊息，說明狀況……（諾維爾眼前浮現臨摹員最後一次被召來時的樣子……）什麼都別再寫了……」

他停下來休息，上坡很陡。「快到了嗎？」

「下個路口左轉。但是我……」

「您一點也不必擔心。我會把跟您相關的部分留下，交出其他全部資料，然後……無論如何，就讓他去負責所有審查工作吧！」

「他是誰？您認識嗎？」

「從來沒聽過的一號人物。聽說黑衛隊已占據安全局總部的側翼建築。我不知道。他沒穿軍服。最奇怪的是，關於我可能被調動職務之事再也無人提起，彷彿設定在遙遙無期。我已看不懂高層的狀況。K是否不再那麼強大？感覺就好像，在那高高的天上，眾神之所在，兩派路線人馬之間已展開大規模作戰……」

「我認出位置了，我們就快到了。」

「而我只是他們的一顆棋。這有什麼意義……」

諾維爾發現她早已沒專心聽他說話。那麼走在他身邊的這個人是誰？「總之，從此以後，我對您一點用處也沒有了。」他說最後這句話時的語氣令她猛然停下腳步，回頭看他，一臉不解。秋日的光線將她襯托得更美。「您現在不像一位審查專員該有的樣子。」她這話彷彿在對自己說。「您這是在向誰預支償還恩情的期望？」

他勉強擠出微笑，指著窗扉半掩的那幢屋子。「但願她還活在這個世上……」

十七、

聽見伏爾泰的名字，她的態度瞬間轉變。他們尚未從她所揭露的一切回過神來。所以，莫爾凡把他的一生和「地底巢穴」設計得與他的思想一般錯綜複雜。是什麼樣的動力驅使他將人生之鑰愈埋愈深？在哪個恐怖的寒冬來臨之前？為什麼，一貫的，凡做過的事必抹除得不留痕跡，連最老練的盯哨員也抓狂？一定是剛出生就被灌輸了十倍劑量的脅迫感，才造就他如此神祕到家的本能。為什麼要把自己的人生弄得像一道又一道的祕門，陰暗的房間，隱密的通道？諾維爾停下來喘息。快到丘頂的那段斜坡走得他幾乎腿斷。他凝視如繁星閃耀的西城，遙想最初的人類看到火光時的恐懼。面對城市燈火，他總是著迷與嫌惡參半。他想像中的地獄就是這樣：遠遠望見生活的另一面，綴滿寶石，張揚誇飾，提供所有樂趣，各種出發可能。冬季漆黑的夜空中，長途飛機不時閃過，更增強這種完全對立的感受。著迷，嫌惡……在這裡，伊卡洛斯甚至沒有時間製造出他的塗蠟雙翼。他會被告發。多少次，冬夜裡，諾維爾曾在此停下腳步，從兩棟樓的縫隙之間，觀看天空中的引航燈？

傍晚時分，他們各自通過總部入口的檢查哨。諾維爾的內政部員工名片替他開啟了神祕區域的大門。兩人在音樂之家前方碰頭……現在，夜幕已低垂。他們沿著飲水槽街走，一旦確定沒有人監視，就轉進霧之小徑。來到八號門牌前，諾維爾察覺克拉拉·巴寧的情緒有多麼激動。她回想起他被驅逐出境的隔天，那個暮光低斜的星期日，她來到這裡，手中緊握著鑰匙。她從口袋中拿出鑰匙包。小徑依舊沉浸在幽暗中。民兵隊很少到作家社區這邊巡邏，她說。

他們進入莊內。一條石板小路延伸到宅邸大門。小路走到底，另一把鑰匙打開了另一道門，一個忽然，他們就到了屋內。

一片漆黑中，諾維爾劃亮了一根火柴。幾秒鐘後，他們點燃了兩根蠟燭。「他在這裡住了二十年。」她輕聲說，並打開走廊盡頭一扇門。「小心臺階，高低十分不一致。得到諾貝爾獎那段時期，他們企圖把他趕出這裡。多虧了強大的後盾，他才能留下來。您還看得見路嗎？就是這裡，我們到了。」

他們現在來到了宅邸的地下層。交往的四年中，克拉拉．巴寧和作家大部分的時光應該都在此度過。或許在莫爾凡離開之後，這個房間曾遭到搜查，這並沒有什麼好懷疑的；但搜查過程想必很小心，因為所有東西都被仔細歸回原位，彷彿深怕這裡的房客會再回來。克拉拉．巴寧始終不發一言，在房間中央停下腳步。「他稱這裡為阿里巴巴的地窖。三千本書。看看牆上！」她緩緩移動蠟燭，踮起腳尖，舉高一些：「您看！奧斯卡．王爾德！政府當局什麼都給他。還有布爾加科夫和梅爾維爾！」諾維爾一陣輕顫，手上的蠟燭漫無目的地沿著書架游移，嘴裡喃喃念出一串赫赫響亮的名字。所有世紀初以來被大家視為異端的——東城的異端，西城的異端，雙方各自的卓越思想家，啟蒙時代的延續者——都在這裡。

他們依照女管家的指示，撤下一整面牆的書。時間充裕。除非是總部區的居民或持有特殊通行證，否則誰也不可能通過檢查哨。

清空書架之後，他們把隔板也拿掉。僅憑微弱的燭光，很難看清粗糙不平的壁面；但觸摸了一會兒之後，他們確定女管家所言不假。這一處的石塊沒有用水泥封死，僅小心地堆疊起來，輕輕一推，就紛紛落下。牆後方露出一條通道，只有前段幾公尺依稀可見。「舊採石場。」克拉拉喃喃地說。兩人一前一後地鑽了進去。這裡的空氣非常乾燥，保存了一種清晰的味道，近似閣樓上的古書。莫爾凡最後一次利用這個密室是什麼時候？諾維爾想起女管家的話。「二十年前，他搬進來沒多久就發現了這條通道。地下室那個房間很潮溼，莫爾凡以為是管路壞掉了。透過熟人介紹，他連絡了一名水電工。工人答應下班後來施工。莫爾凡願意付他美金。每次旅行所剩下的美鈔他都留下，準備下次再用。水電工探測牆壁受潮的部分，的確找到一處漏水；但他也很快就發現，後方一公尺左右，本以為是基柱的壁面，其實只是一塊簡單的隔牆。在好奇心驅使之下，莫爾凡請他拆卸石塊。過了一段時間後，他們進入採石場一個荒廢區，出口都被水泥壁面堵住。不遠處，在水泥牆另一面，應該有其他廊穴延伸，通往明亮有暖氣的廳房。有些改裝過的房間應該等著在刮起政治風暴的日子或戰爭時期，迎接重量級的客人……

他們往下走了幾階。這條狹長的坑道深入山丘內部。「莫爾凡跟您談起過採石場嗎？」

「我只記得幾次含糊的影射，僅此而已。當時他想寫一則關於領導人巢穴的暗諷寓言，把我們腳下有一座『地下城市』的那些傳聞全寫進去。我根本沒想到，在這房間的牆後，他已經發現了這個隱密的地方。」

「躲避搜查的好地方。」

「他跟我說過一些曾經往來此區採石場的人物。例如馬拉[20]：革命爆發初期，他應該在那裡避過難。還有內瓦爾。[21]把她畫的路線圖給我，要先找到叉路……十公尺後走右邊的坑道。您看，在那裡。然後，直走，一直到洞廳。」

諾維爾和巴寧來到一座非常寬敞的廊洞，抵達一個石膏開採區的最上層。僅靠他們的兩根蠟燭甚至看不見採石場的天頂。這個廊洞有多高？不只十公尺吧？廊洞兩側開鑿了好幾處深長的凹洞，每一個都有十到十五公尺。「這應該就是她所說的支柱，側面坑道之間那些厚達幾公尺的石牆。我們必須確實數清楚。」

他們就著微弱的燭光步行。當天頂開始降低，他們隱約看見一座奇特中殿的拱頂。這座教堂建造於什麼時代？他們緩緩向前，提高警覺。莫爾凡在某個石膏柱約一公尺高的地方畫了一個暗色十字，藏了一個提箱在十字下方或附近的岩洞裡。克拉拉．巴寧走在前面。兩人不時停下，保持全面靜默，只聽得見呼吸或水滴落下的聲音。沒有人跟蹤他們。「應該不遠了。」諾維爾輕顫起來。他剛想起女管家的話：「抵達畫了十字記號的石柱時，你們恐怕不知道自己已經往下走了多深。先下樓梯，然後穿越通往第四層礦體的廊穴。垂直計算的話，你們已經離聖殿不遠。」聖殿……聖殿現在怎麼樣了呢……從兩天前開始，周圍已禁止閒雜人等出入，想觀看災難必須離得遠遠的。裡面落著雨，下著雪。拱頂的石塊已被運往那座巨大的工地，醒目地堆在建物未來的位置。雪白的石塊用紅墨水標上編號，顯得突兀。這些石頭是第一道供品，也一樣淋著雨和雪。

……不久後，燭光為他們照亮了一個陰暗的十字。不是X，而是十，中間的直豎稍微比較長。「在這裡！」克拉拉抓出一只黑色皮製手提箱。

回程時，在把活動石塊、書架和書放回原位以前，他們打開了箱子。開啟前先搖晃了一下，裡面有件物品悶聲撞擊回應。現在，諾維爾從箱子裡拿出一綑紙張。他小心翼翼地捧著，感動不已，彷彿捧著一個新生兒。他掀開厚紙封面，想拜讀幾行。他翻到下一頁，然後又翻一頁，不敢相信自己的眼睛。二十頁，一百二十頁，三百二十五頁，依此類推，直到結束……可能嗎？他的臉上流露驚慌失措，臉色發白：「您看！」

莫爾凡花了多少時間讓手稿的字跡難以辨識？那只是一連串令人費解的符號，一組一組的符號，其中包括拉丁文、希臘文或西里爾字。數字！古埃及象形字！一千兩百零九頁全是速記密碼……偶爾出現的空白讓人猜想某段句子告一段落。全書一氣呵成。完全沒有換行，沒有章節。說不定莫爾凡甚至發明了一種沒有人懂的語言，把那本書譯成這種文字。不難想像，就在當場，他一頁一頁地譯寫，同時把原稿一頁一頁地燒掉。諾維爾突然好想放聲大笑，盡情發洩緊繃的情緒。一個月又一個月的追蹤，一次次被凱比安召見，從一封封信中探索克拉拉．巴寧，苦苦等待莫爾凡的回信，以及他對作家設下的陷阱……在這連串混合語中，他怎麼找也認不出任何專有名詞，一個參考指標也沒有。沒有，完全沒有任何抓得住目光的記號。這是一座大工地，一個傷殘文字的亂葬崗。

早上七點鐘一到，總部的警衛就不會再登記出入者的姓名，也不需要出示特別通行證。所以能做的也只有等了。克拉拉．巴寧在一張長沙發上躺下，那應是戀人倆過去常一起躺臥的地方。諾維爾坐進一張單人沙發後不動，莫爾凡大概都在那裡聽克拉拉演奏。年輕女子找到了毯子，重拾以往在這座宅底深處的姿態。兩人幾乎沒有交談。現在，到底，她可能在想什麼？諾維爾任她沉浸在自己的想法中。兩人之間隔著一張小茶几，桌上的空花瓶旁，是那只手提箱。克拉拉·巴寧很快就不敵睡意。諾維爾沒睡。他很不自在，幾乎受不了必須在那裡度過幾個小時。

他們讓兩支蠟燭繼續點亮，宛如為死者守靈。從望著茶几和手提箱的視線延伸過去，他窺視克拉拉散髮下閉著的眼睛。這幾個鐘頭裡，有什麼是他沒想過的?!這個房間裡沒有一樣東西屬於他，而他也沒有讀過這裡全部的書，差得遠了。然而，這樣看著她，他情不自禁地做起夢來。他墜入夢鄉，她從沙發站起，扯掉被毯，往阿里巴巴寶窟隨手一扔，催眠般地注視著他，緩慢得令人窒息，裸身朝他走來。

夜裡——三點、四點還是五點鐘的時候?——諾維爾痛恨起自己，痛罵自己。他興起強烈的衝動，單獨離開，帶著手提箱，前往安全局。他會躡手躡腳地爬上樓梯，穿過走道，打開大門。他將走入星空之下，結霜的花園，大步走到總部出口，通風報信。民兵隊會替睡夢中的克拉拉·巴寧戴上手銬，而他，諾維爾，在第一時間，將叫醒K上校。他這輩子所認識最美也最遙遠的女人將在某個小牢房裡度過餘生，日復一日，消耗她的美貌與她的俘虜們，一分鐘一分鐘地把對莫爾凡的愛從喉嚨吐出。頭號人物將得以安心；諾維爾將一下子晉升好幾級，品嚐戰勝命運的滋味。K將再也無法對付他……而在圍牆另一面，遲早，莫爾凡將得知這個消息……

諾維爾站起身，朝皮箱伸出手。說不定克拉拉．巴寧就要醒了。說不定她微瞇著眼，其實正在偷看……他打量她。她應該還在夢裡，眉毛剛動了一下。直到這一刻，從未有如此迷人的女性與他如此貼近過夜。這是每個人一生僅有的三或四場邂逅之一……這時他想起女管家的解說：「走到那座支柱下時，你們已離聖殿不遠。昨天，示威人群再次在城裡的街上遊行。面對聚集加入的人群（人數有多少？一萬個？一萬五千個？），安全局猶豫了，用擴音器重複多次警告。隊伍自行解散，一切恢復秩序。但這秩序已不盡然如同以往。」

諾維爾又坐下來，望著克拉拉。他大可以剝去她的衣物，粗魯地占有她，從外面應該什麼都聽不見。

何況在這個時刻……

到了七點，他怯怯地伸手輕搖她的肩頭，用幾乎聽不見的聲量，喊她的名字。

克拉拉！克拉拉……

十八、

「我不知道。」諾維爾又說了一次。一個小時之後，等年輕女子也進到屋內，他立即關上他公寓的門。「您呢？」

「我們沒辦法保留多久。放在地底下還比較安全。」

「假如我還有權力掌控郵務審查就好了。那樣我們就可以一頁一頁地把整本書寄過去。」

「一千兩百零九頁……」

諾維爾的腦子裡浮現好幾大籠信鴿，許多熱氣球升空，一只只風箏從山丘起飛。這些都行不通……城裡流傳不少傳說，提到各種前所未聞的逃脫計畫。

「世界應該被視為一則非常古老的傳說。」莫爾凡曾在他的《筆記》中寫道。謠言提到製造小型飛行器，以及有在幾家後院或舊郵務驛站深處發現七間拆毀的鴿棚。諾維爾把這些想像一一逐出腦海。「您願意去嗎？」克拉拉・巴寧突然問他。他猛然回頭，像是被挑釁一時愣住：「您想要我過去，為了……」但她搖搖頭，指著手稿：「必須幫它找個接引人。僅此而已。」

「那您呢？您願意去嗎？我從您的臉上讀到『不』這個答案。帶著怨氣，決斷的不。抱歉。」

幾分鐘過去。諾維爾立在窗邊，陰鬱地望著如滑梯般的臺階。「而我們甚至無法通知莫爾凡……」

桌子上，手稿在那無人知曉的語言中沉睡。莫爾凡花了多少年去寫？他在創作的同時就以密碼書寫嗎？究竟是如何的恐懼驅使他去製造「文字不同步」的狀況？「的確有一段時期，對，我曾考慮離開。」諾維爾接著說，目光依舊停留在書稿上。「您不可能記得那個時代。圍牆存在還不到十年。它連青少年都還不算，而當時的我已經是了。無用之事非常吸引我。寫作，離開，去遠方。我的遠方島嶼僅在幾步之遙，在牆的另一邊。如果城市中心豎起了這座屏障，那是因為另一邊頗有可觀之處。我想看看。但我很懦弱。我只想透過門眼去看，遵循我這邊的法律。在書籍審查部門待了一段時日後，我成為郵政總部一所支局的哨兵。一如所有單位，他們鼓勵人員爭取升職。只要有耐心，您一定爬得上去。而從那上面，您所看到的一切將更刺激有趣。

但是在那個時代，我已十五歲。我自認已萬事俱備。那個時代，舊採石場的廊道尚未全部被封閉。有接引人可帶您過去另一邊。巡邏隊沒辦法將他們一網打盡，暗地裡，幾枚金幣就能解決……於是後來，全部都封死了。在我們腳下，幾百公里的廊道恢復寂靜。從星形廣場到帕西，所有坑道皆被鋼筋混凝土堵塞。我們在城裡看見的牆只不過是冰山一角。從聖嬰公墓到盧森堡公園，地下的混凝土工事，到處都是……」

諾維爾轉身面向妙齡女子，注視著她：「我多麼希望，克拉拉——我能喊您克拉拉嗎？——，把一個青少年時期的舊夢移植到現在，然後告訴您我會過去，胳臂下夾著這綑紙稿就這麼過去。我想，我們已經忘記如何離去。您可曾偶爾想過這件事？在某些日子裡，趁著我們睡覺時，他們清點被封死的廊道。只要一個不留神，您可能在某天早上醒來時發現自己處在一個四面被牆封死的房間。在您沉睡之時，水泥工匠不厭其煩地砌磚糊泥。我可以有許多離去的理由，但要怎麼實行？」

「我只想到一個可以考慮的辦法，僅是可以考慮而已……」

年輕女子的神色亮了起來。

「解決什麼事的辦法？被牆封死的房間？」

「解決手稿的問題。塞拉諾。也許只有他行。」

「塞拉諾？」

「他是一位拉丁美洲作家，幾年前被他的國家任命為大使派駐這裡。他跟莫爾凡交情匪淺，非常欽讚他。兩、三年前，莫爾凡曾把我介紹給他，我們去了他家晚餐。」

「我來煮咖啡。您也喝嗎？」

「不加糖。在那次之後，我又見到他一次，時間很短。那是在半年前，一場音樂會結束後。他主動到我的休息室來探望我。他是一位講理的人，所以我請他不要在我身邊待太久。當時他打算到對岸去旅行，試著跟莫爾凡見面，並問我有沒有……」

「塞拉諾……您認為……但他是一位大使！」

「剛好，三天後有一場音樂會，慶祝黨執政四十五週年。外國使節都受到邀請。當局擔心會有很多人缺席。有些國家決定杯葛這類活動。但塞拉諾的國家對外交關係的處理相對溫和。他來的機會很大。」

「跑去大力稱讚您，對您獻殷勤的機會也很大。」

「不久之前，您曾問我，您如何能信任我的朋友。這件事他一個人就獨力能辦妥，為您取得外國使節保留席後一排的座位，剛好在塞拉諾正後方。如果大使來了，請您帶他到我的休息室，讓他瞭解莫爾凡需要他，而我有話非對他說不可。」

「我以為，在這些場合，外國使節都被安排到另外一區。」

「跟政治人物和藝術家分開，沒錯。但安全部或內政部的人，完全不必擔心。您可以跟他坐得很近。」

「您真的相信……在我看來，這一切都寄託在十分脆弱的條件上。您認為他會接受嗎？如果……」

「您以為塞拉諾對我沒有感覺？男人從不懷疑我在他們身上施展了迷人魅

力。無論淪陷在怎樣的妄想裡都甘心。女人的美貌是他們的救生圈。而且，別忘了，他是莫爾凡的朋友！我無法保證任何事，但我們只能在這上面碰運氣。從現在起兩天內，我就能曉得他來不來。」

「萬一他不來呢？」

「我們還可以想其他方式跟他接洽。不見得比較困難。必須密切關注，尋求另一個類似的場合。我不知道。」

交談中的兩人都輕聲細語卻不自覺。諾維爾暗暗觀察年輕女子。**男人從不懷疑我在他們身上施展了迷人魅力**。如此張狂不遜又一針見血的女人必然不同凡響，他心想。即使他想讓機器倒轉也來不及了。火苗已經點燃，重要的是滿心喜悅地朝烈火走去。

第一百一十八號電話亭與用戶C．巴寧之間的通話紀錄。內容無可深入挖掘之處。通話人身分無從辨認。重要性極微。資料歸建巴寧檔案，編號六四一一一三。

「是我。明天的事。」

「我有好消息。」

「很好。票呢？」

「去櫃檯領。別擔心。祝您好運。」

「再見。」

十九、

休息室裡又剩她一人了，克拉拉．巴寧點了一根菸。她對著長鏡細細觀看自己。現在要卸妝了。每次做這件事時，她總憂心護膚霜下出現皺紋。不會的，這次還不會有。剛才的情景還歷歷在目：塞拉諾一臉憂慮，對她說：好，我帶它去。我會盡力而為。

他出去多久了？二十秒？二十五秒？這股不安的感覺又是什麼時候襲上心頭的？是在他離開之時——或者更確切地說，是在看見他拿起手提箱那一刻？

她放下棉球和卸妝乳霜。只有半邊臉仍光滑如絲，另外半邊又變得緊張、煩憂。

通常，演奏會結束了好幾個小時之後，她還感覺得到小提琴抵壓在頸子和臉頰的力道。

才剛點燃的香菸，卻又立即被她熄滅。對著小梳妝臺，她的指甲跳著踢踏舞。然後現在她又緊握拳頭，把指甲深深掐進掌心，豎起大拇指。過了幾秒之後，她鬆開拳頭。好了，克拉拉，冷靜下來。不久之後，外交官車輛即將駛入大使館，鐵欄大門將隨即關上。手提箱會在那兒過一、兩夜，然後被鎖入一個遙遠國家的武器提箱，再一起藏入一個後車廂。就這樣。接下來只要半個小時，或者一個小時，如果邊界檢查哨排隊的人多的話；然後，手提箱就能越過圍牆。

沒有任何事物能阻止。

再一次，她的手指又跳起踢踏舞。克拉拉．巴寧環顧四周，一副驚慌失措的模樣。她的目光突然落在一項器物上，便不再游移。她應該換下禮服，離開這裡，演奏會是一場折磨。但她動不了，目不轉睛地盯著圓弧造型的象牙白器物。再一次，又是同樣的問題。他出去多久了？四十秒？五十秒？或許已經一分鐘了……她必須完成卸妝，站起來，換好衣服。趕快動作，趁著那不安的感覺尚未全面入侵，尚未癱瘓她。驅除它。

但是那具機器。

發生了什麼事？然而她明明心意已決。難道是往事，現在此時，如間歇泉般噴發了出來……或還有其他什麼事？如果她抓起那具器物，服從某些命令，不安的感覺必然煙消雲散。再等幾秒鐘吧，克拉拉。振作起來。十秒；二十，或三十秒。讓妳的良知與自己達成共識，不受即將引發的風暴襲擊。克拉拉！妳不可以這麼做！妳真的要做嗎？那麼，再給他們幾秒鐘，誰也不知道運氣是否掌握在那一刻……接著，獵犬將被紛紛出籠。然後。

現在，別再折騰妳的手指了，巴寧同志。妳已經做出決定，感覺已經好多了。來吧，在那具象牙白的器物旁找個位置。現在，拿起話筒。伸出妳控訴的食指，撥一個兩個數字的號碼。等對方接聽，不會太久的。那些人喜歡人家打電話來。

好了。現在，該妳上場了。告訴他們。

二十、

此時此刻，他是大使還是作家？還是披著外交官盔甲的作家？塞拉諾催促司機加速。他覺得熱，摘下白色圍巾。「怎麼了？傍晚的時候，我從來沒在這附近遇過這樣的問題！」塞拉諾咒罵了一聲。「走左手邊的小路，巴布羅。拉法葉路被封掉了。」司機照他的話做，冒出一句假設：「也許又是一場示威，大使。從上個星期以來，一場接一場，再也沒斷過。」

「也許吧！說不定是一場擴大逮捕。所以，快加速超過另一輛車。」

黑色大車剛往左轉，爬上荒無人煙的石板路，駛過民兵衛隊崗哨。拉菲特街，彌爾頓街，尋找一個出口，避免繞回大馬路。人使把手提箱緊壓在胸口。

要是當初有人告訴他，有一天……莫爾凡得到諾貝爾獎那一年，塞拉諾也在入圍名單上。面對那些頂尖大腕，他根本毫無機會：蘇聯的艾特瑪托夫，阿爾巴尼亞的卡達萊，葡萄牙的薩拉馬戈還有其他佼佼者。就在那個時候，他在他的國家，透過西班牙文翻譯版本，發現了莫爾凡的作品。

風勢鞭抽著插在車子右方的小旗子。紅色三角形裡，白綠條紋守護著的一顆白色星星不斷抖動。繞過山丘後，黑色轎車駛過中央委員會總部前方，跨越十九區邊緣，沿聖馬丁運河向前，然後全速衝過運河，直奔史達林格勒。「馬上就到外交使館區了。」塞拉諾鬆了一口氣。

然後，某位部長一時興起，把他直接空降，任命為本地大使。基於他的名聲，他的親法態度。「您走上了聶魯達和卡彭鐵爾的路。作家身分的大使，在那邊，很受歡迎。他們兩個也因此挨了不少罵……」塞拉諾領悟到，他們寧願把他派去歐洲那邊，並不希望他留在國內。為什麼不呢？畢竟……兩天後，他接受了這個職務。

轎車駛過使館區的南面城牆。

那時，他認識了莫爾凡。稀有的男人，與人保持距離，或者，更確切地說，被刻意保持距離。人們私下傳言，其他作家自認可以監視他，在他獲准參加頂多半個小時的幾次晚會上，密切觀察他的交談，並針對他的言行寫報告。塞拉諾終於逮住他，逼得他不得不加入討論，立即臣服於這位不凡男子的魅力。好一個男人！好一張臉！歷經滄桑考驗的面貌，線條剛毅，稜角分明。神似鮑里斯．巴斯特納克。「這一位可沒有模仿那位大作家，」塞拉諾常這麼說：「兩人根本合而為一。」四、五年前，兩國邦交拉近，塞拉諾和莫爾凡得以自由會面。政權是否採取了寬容政策？到這個奇怪的國家上任多年，塞拉諾始終不懂此處的生活規矩。什麼時候，什麼人可以做什麼，在這樣一個國家……簡直讓人處處撞牆跳腳。有一天，莫爾凡拿出異於平時的勇氣，終於接受塞拉諾的邀請，去他家晚餐。他不好意思地詢問是否可以攜伴參加。「這是什麼話！」於是他挽著一位美麗絕倫的年輕女子出席。三人共進晚餐，兩三杯酒下肚後，互以表示親近的「你」來稱呼彼此。幾天後，莫爾凡又跟他談起那位年輕女性，請他忘了她曾經來過。「她是這座城市一位黨內高幹的妻子，您懂的。她要離婚，但是……」後來，塞拉諾去城裡的各大音樂廳聽她演奏過好幾次。他感到——這個國家的人是怎麼說的？——迷亂。

「為什麼要等這麼久，巴布羅？」

「今天晚上的檢查大概十分仔細講究。葡萄牙大使館的那些難民……」

莫爾凡被驅逐後，塞拉諾再見到年輕女子都是遠遠觀望，看她在聚光燈下，工作中的臉龐緊偎著一把小提琴。一天晚上，他渾然不知自己將她置於何等險境，竟去她的休息室找她，並聊起了往事。至於莫爾凡，媒體偶爾願意透露一些他的消息。無論在哪個政權下，這個男人總保持低調生活，認為自己的名聲並不可靠。

「好幾天以來，身分查證就一直沒完沒了，大使先生。而且他們也加強了巡邏，到處都是。」

山丘東側的坡道上，諾維爾回到他的街道，熟悉的連串階梯。他緩緩爬上幾十來階。時間還很充裕。現在，他停下休息，喘口氣。從秋天以來，樹叢不再封住對面的亮光。西城閃閃發亮。看起來多麼近！明天……明天，成千上萬個無法理解的句子將抵達城市的另一半邊，重拾意義。對莫爾凡，他將沒有任何虧欠，並且，多虧這場追逐，找回童年流失的記憶。讀過千萬封信之後，沒有人不會無動於衷，想在某天轉入書寫的陣營。K上校很久以前就該撤除他的職務。多麼嚴重的心理錯誤啊，上校！

諾維爾繼續往上爬。現在來到他那層樓了。他翻找鑰匙，而在找到的那一剎那，目瞪口呆……

想進入禁區的外交使節的禮車久久才放行一輛。現在，一名軍官接近塞拉諾的車，後面跟著一群配備小型機關槍的士兵。「黑衛隊！」大使驚呼。「究竟發生了什麼事……他們想對我們做什麼……」

目瞪口呆：門已微微敞開。有人強行破壞了門鎖？諾維爾小心翼翼地推開門。門後面，光線從客廳和書房的位置滲入走廊盡頭。他聽見幾個人說話。其中一個人的聲音他並不陌生。他背後的大門突然關上。一名民兵警衛對他微笑。客廳的門開了，K現身：「我們很擔心，諾維爾。音樂會結束已經一個多小時了。這種時間，在街上逗留太久不是好事，外面有那麼多人民的公敵……我為此傷透了腦筋，您知道的……」

黑衛隊的成員包圍禮車。柵欄始終沒拉起來。塞拉諾很快地思索了一番。這時逞英雄下令叫司機衝過去是沒有用的，他們會開槍，而保留區內，每個使節團前方，還有其他巡邏隊守著。

「大使？」

「什麼事？」

「麻煩您，請您下車。我們必須搜查後車廂和後座。」

「你們沒有權利這麼做。這違反了維也納協定。若你們決意執行，我會提出抗議。」

「我們收到了非常精確的命令，很抱歉。人民公敵試圖滲透大使館。」

諾維爾含糊結巴起來。發生了什麼事？為何這樣對我……

「莫爾凡的檔案已經不歸您管了，諾維爾。相信您早已被告知……（他突然大吼）所以您是瘋了嗎?!今天晚上，您吃錯了什麼藥?!」

不甘不願的，塞拉諾執行指令，下了車。「如果你們真的以為有一隊難民躲進了我的車裡……」但他沒能把話說完。現在他才猛然醒悟，他們要找的不是躲在暗處的某個偷渡客。黑衛隊的軍官搜出了手提箱，拉開拉鍊，拿出手稿。

「放下！這些文件與你們無關。你們沒有權利拿走！」塞拉諾試圖奪回文稿，卻被軍官擋下。

「無論如何還是要謝謝您，諾維爾。我很感謝您的工作熱忱……在我們這個時代……因為，您用您的方式達成了任務。動作快。您有五分鐘可以收拾東西。」

「您究竟要做什麼？」

「您被捕了。我接獲命令，將您交給黑衛隊。」

「好了，大使。」軍官又說，嘴角揚起微笑。「您可以往前了。後面還有別的車子在等。走吧！」

「把東西還給我！您不能這麼做！」

「請您冷靜。如果這不是我們要找的東西，明天就會立刻奉還。」

「我要向貴國部長提出口頭知會。」

「請便。但在那之前，麻煩請往前開。」

「您被逮捕了，諾維爾。」

圍牆邊，晚上十一點十分。這裡，那裡，到處開始輪替夜班。野狗亂吠。探照燈，地雷區，田地裡，結霜的草叢。一輛吉普車執行巡邏任務。強光中的鐵刺網，瞭望塔。

山丘陡斜的街道上，另一輛吉普車的後座，一名男子將自己禁錮於沉默之中，試圖不再去想。某個地方，有個與世隔絕的囚房等著他。他知道事情會如何運作。幾個小時安靜後，他們就來了。從亞洲偏遠深山訓練出的刑求專家。然後，再次監禁小牢房，驚惶失措。漆黑中，老鼠互相打鬥的聲響將時時刻刻騷擾他。他終將被逼瘋……而在他前方，一名安全部門的領導輕撫升官美夢。

他淡淡一笑。而在休息室內，她始終尚未離開；美豔照人的小提琴獨奏家用手帕拭去染了妝的眼淚。天候非常寒冷。

一位大使對一名「密碼電報員」下指令，他的訊息必須立即送到大西洋對岸，抵達一處能安享天年的恬靜城鎮。抗議。啊！人性……此處彼處，處處皆是起重機，卡車，幾百輛機具等著起床號響起，開工鑽洞，轟隆運轉，摧毀破壞。而在牆的另一邊，怒目瞪視了幾個世紀的站崗衛兵另一邊，一個男人，伏在案前，就著檯燈，等候記憶結晶，期待幾個破碎的句子能穿透迷霧而出。

尾聲

很久以後，一個秋日，莫爾凡簽了書，握了手。他婉拒別人送他，獨自步行。他往下進入殉道者街，剛走了幾步，一個身影吸引了他的目光。那人沿著對面的人行道往上走。他任由她走，來了一輛卡車遮住她。她重新現身，但背對著他。於是他穿越馬路；剛才太遠，沒看清楚。他一心想確認。那背影悠閒向前。他只距離十公尺左右了。現在，他幾乎確定是她無誤……這會兒，她在一個櫥窗前停下，隨手往一個大箱子裡翻幾本書。她走到店裡去了。過了一會兒，他也進到店內，在書店最裡面找到那身影，依然背對著他，專注地望著一排舊書。至此，他的推測已獲得證實。他假裝在另一個書架上找書，卻瞥見一些樂譜，仔細按照作曲家姓氏字母排好。他心生一計，在「S」區中搜尋，找到了他的好運氣。稍遠處，年輕女子還在舊書區找貨。說不定她會忽然決定走出店去，同時發現他也在場？

他的手心出汗。情緒激動之下，他的思緒飛快，快得令他有些醺醺然。動作迅速，他去櫃檯結帳。他本來想請店員把〈小提琴與交響樂D小調協奏曲〉的譜親自交給年輕女子，然後自己躲到店外偷看那一幕。但他改變了主意。「我寫了太多小說，已經不知道怎麼過生活。」有個聲音在心裡告誡他：「別再把自己當成某個小說人物。你不配。」

「但是他們的所作所為都從我的日常生活汲取素材！」他反駁。自從上次在音樂廳後門等她以來，第二次，莫爾凡察覺自己的態度可笑，宛如一頭重回舊時獵場的猛獸。他付了錢。出店以前，他遲疑了一下，隨手擺放在口袋書區，〈D小調協奏曲〉。莫爾凡鬆了一口氣，快步離開。

但才剛走不到二十步，一個聲音喊住他：「先生！您忘了（這時他轉過身去）把這個送給我！」克拉拉．巴寧把樂譜遞給他。他一句話也沒說，接了過來，留在身邊。「一起走走？」他提議，覺得尷尬。一起走走！每次他們的關係陷入危機，或兩人中的一個在生活上搞砸了某事，他所能找的話就是：一起走走！於是他們去山丘北側的庶民區，那裡沒有人認識他們。每次走走可能持續好幾個小時。

多年後，再一次，他們又徒步回到兩人偏愛的這個地段，往山頂爬。「你都沒注意到嗎？」她問。

「什麼？」

「這是我們第一次默默無名地走在這裡，完全不必害怕被人看見我們在一起。而且就算被看見……」

「已經過了多少年……？五年！圍牆倒了之後，我找妳找了好幾個星期。我問過音樂之家的房客們，翻查電話簿。我去了妳以前的彩排廳。什麼也沒有。交響樂團的事，透過媒體，我都知道。但是關於妳，音訊全無。這麼一來，我突然不擔心了。那些事件瓦解了各方團體。我有許多朋友也暫時『失蹤』了。後來，又有許多潛水的浮上海面。而妳呢，從來沒有任何消息。更普遍的狀況是，完全不可能得知關於任何人的任何一點事……事件期間，在中央委員會總部，碎紙機不眠不休地運轉了八天。一大堆紙做的義大利麵條！正在進行的四十五年未來計畫就剩這些。安全局總部，那裡也一樣，為應付緊急狀況做了準備。被銷毀的檔案有幾千幾百個？告密者名單，舉發黑函……這樣也很好。我的檔案，我從來找不到蛛絲馬跡。然而聽人家說，那份檔案內容幾乎有上千頁……妳呢？克拉拉？我始終訝異有些人有本事如一陣煙似地消逝無蹤，不留一絲痕跡。桌角寫個字，海裡丟個瓶子。留下點什麼都好。但是妳呢？沉默，克拉拉，沉默是比衰老更厲害的殺手！」

「那時我已經不在這裡。」
「妳在哪裡？」
「那時我已不是我。你沒有權利問我這些問題。那段日子已經過去了。你還不是一樣，也曾在某段時期消失，留下我一個人，留我獨自面對我的離婚。」
「我是被驅逐出境。」
「你本來可以避免的。很早的時候，好幾年前，如果你聽從他們的要求，拒領那個諾貝爾獎……」

時間很多，於是他們任憑偶然隨性規劃這場團聚。兩人都知道，這一刻遲早會來臨，也應該各自做了準備。從很久很久以前開始，他們就已調整好要說的話，挑選了適當的用語。

「你會被驅逐簡直就像是你自己一手策劃出來的。」她又說。「日子一天天過去，我深信那是兩廂情願之事。到了那邊之後，你隻字不提他們的不好。多麼突兀的沉默！然而在東城的最後幾個星期，你還一次又一次地挑釁，接見對岸的記者！為什麼離開之後反而對政權那麼體貼客氣？你真的欠他們那麼多嗎？而你剛才竟然跟我說什麼沉默是殺手！」

「我花了很多時間寫作。唉，如果那能稱得上是寫作的話。沒有任何事情需要急於一時。」

「很多人認為你當初應該緊急採取行動。你的離開本來可以產生雷擊般的效果。你知道他們那麼多事，大家都會聽你的。他們在瑞士銀行的祕密帳戶，與七個集團國家共同貪汙，他們之間的勢力消長等等。」

克拉拉猛然停頓，態度趨緩。現在，她露出微笑。「你變了，羅曼。你不再像以前那樣，張牙舞爪的，為了一點小事替自己辯護……」

她曾見一家咖啡店。

「那裡，那個露天咖啡座。天氣不是很熱，不過……你還記得嗎？某個夏天的日子，我們曾來過一次。」他們挨著桌子坐下，看起來不趕時間。「事件之後，我找過妳。」莫爾凡重複強調。

「我想也是。不過我跟你說過了，我當時已經不在這裡。我不想再留在這座城市裡。」

「妳那時在哪裡？做了些什麼？」

「巡迴演出都取消了。漸漸的，樂手們也加入了罷工。那場行動蔓延得很廣。在這裡，我受到監視。有一天，我抓了個機會，離開這座城市和城裡的示威，到很遠的地方生活。他們說各級領導什麼事都做得出來。大家害怕，很難說這裡不會重蹈覆轍，發生幾個月前在北京發生的事。然後圍牆倒了。幾天後，頭號人物被罷免，所有事情都加快了腳步。隨後展開了幾個月的不明朗狀態。

這一切，你跟我一樣清楚。罷工結束了，但沒有人重新上工。誰還在乎音樂？交響樂團已停止所有活動。我到處演奏，跟其他樂團一起。然後，西城對我開出了優渥的合約。統一之後，趁著一次機會，我做了一趟旅行。」

「妳抓住了一次機會？」

「一個朋友。」

「……」

「現在，一切都安穩多了。有低潮，也有高潮。這裡幾份合約，那裡幾份合約。新生活的法則……我橫跨兩、三國，收入豐厚。」

「很好，妳懂得適應。」

橫跨兩、三國……莫爾凡想起兩人昔日的談話。他穿越時空，耳邊響起情婦的聲音和她古老的塞壬之歌。為了虛幻空想的怪物，她可以連父母都交出來。一如那個俄羅斯人以革命之名背叛了家族，因而獲得讚揚。莫爾凡想起那些沒有結尾的談話：交談時，他總努力削弱克拉拉犀利的想法，卻經常白費心機。跟許多其他方面一樣，徒然一場。

「沒互通音訊的這一大段時間，」他繼續說，「是在比賽誰撐得久，不是嗎？」

「或許吧！我們兩個都贏了。」

「我們都可以引以為傲。（一陣沉默）。我不懂為什麼……在圍牆倒下之前的兩個月，妳為什麼始終不吭聲。那時連示威都尚未開始……」

「我已經解釋過了。」

「手稿的事，妳當時愛莫能助。莊園一定被看管得極為森嚴。我心裡也有底。」

「對。莊園根本進不去。我完全沒辦法嘗試去拿取手稿。總部裡到處都加強警備，尤其在你的莊園附近。」

「無所謂。我還是找回來了。」

年輕女子全身輕顫，臉色發白。

「是在安全局的檔案公開之後。」作家繼續說。「它就沉睡在那裡，與存放在架上的其他幾百件手稿一起，等著變成引出罪證的『陷阱』。我的手稿沒有具名。應該是在徒然莊的地下層被發現的，枉費我採取了那麼多預防措施。」

就在這個時候，莫爾凡以奇怪的眼神盯著昔日的情婦不放。他多麼希望迷霧能夠消散！克拉拉再次顫抖。莫爾凡的眼裡沒有任何控訴的意思。他希望能再對她說一次：**無所謂**！好幾個月以來，他的空想與寄望都在這句話裡煙消雲散。**無所謂**！他的思緒飄遠，終於聽見年輕女子又問了一次：「但你沒出版它？」總算！他輕輕喟嘆，好滿足的快感……她的話裡透露了那麼一絲人性！他真想起身，溫柔地擁住她。既然他們的交談得到了一點人性來和緩，那麼一切並非枉然……

「不。在重建書稿的時候──在我被驅逐之後花了不少時間，統一之後又花了幾個月，我完成了一半左右，成果十分不完美──，我才發現重新修改這份稿子是多麼必要的事。我不想在活著的時候發表。我還要慢慢琢磨，不斷琢磨到底。到了某個年紀，在留下了幾部好小說之後，作家會跟他自己約定期限。你做出了什麼？某一天，一個嚴厲的聲音質問他：你以為你那些微不足道的小說算什麼？還不就是小學生的塗鴉草稿而已？屬於你的那本書，你什麼時候才要寫？真正屬於你的書？你以為能獲得無限期緩刑嗎？不認為從今天早晨開始就該動筆？你不認為在你的天空中，太陽已經升得夠高？再過不久，陽光過於猛烈，然後開始西沉。你的力量將逐漸衰落，時間再也不夠。知道你有何本事的時候到了。我聽見了這個聲音，克拉拉，每天的每個時刻持續不斷地聽見。好幾次，總有某種事物阻止我出版這部手稿。每次我想把它交給某個編輯，就感到十分內疚。一種警告系統隨之啟動。等等！你還沒準備好。我把那份手稿加上密碼，倒並不真的只為了騙過安全部門，反而是捍衛自己，對抗我的焦急。為了設下一道障礙，不給自己方便。若想解開密碼，我需要好幾個月的時間。」

「而事實上，一名老死獨裁者年少時期的陋習，這樣一部小說，現在出版又有何意義？」

「啊！謠言！為顧及國家的面子，因為頭號人物的恐懼，這被誇大了十倍的謠言竭盡所能，硬要人們以為這本書說的就是這個。暴君的同性戀情……當然，在某幾次談話中，以此為題材來書寫的想法大概曾偶爾從我口中溜出，但是……」

「但是？」

「完全不是那麼一回事。有一天，我把賭注押在這則謠言上，而當它開始有用了之後，還設法維持它繼續散播。我早就領悟到，這則謠言不但不會對我不利，反而保護著我，可以當成我的護身符。他們怕我，進而比任何事更甚的，擔心我的手稿流出……事實上，這部小說跟頭號人物性別顛倒的青春一點關係也沒有……」

「？」

「噢，不，克拉拉，該怎麼說……那是一部發生在現代巴比倫城的愛情小說，講述對愛的無能為力，我對妳的無能為力。也是一部關於我們圍牆這邊生活的小說。我們瘋狂的這一邊。是一部總括概論，讓世人瞭解我們大家曾經歷過的事；那些事，任何西城居民，無論是多麼細膩入微的人，也永遠捉摸不到。我看重這部文字，一如珍視妳眼中的眸子。我會等很久之後才出版。在我死之前，它還必須更臻成熟。」

「……」

兩人之間陷入一陣沉默。然後她開口：「你不再寫了嗎？」

「我重新琢磨這篇文字。其餘的，我不再寫了。世界變得這麼快，不久之後，每本書的背後恐怕都得加上失效的日期。所謂好書沒有時間限制只是空話。點子都變成了產品，有效期限變得愈來愈短。」

「你聽起來好尖酸……」

「尖酸？是啊……雅典打敗了斯巴達……殖民斯巴達，甚至把他們自己的定義強加在文字上。字詞都是一樣的，但其中蘊含的哲理，隨著時間發酵，最後在圍牆兩邊都變了質。雅典呑併了斯巴達，但我並不為此難過，那只是正義得以伸張罷了。粗魯暴政失足垮臺。我多麼希望斯巴達墜落時把雅典也一起拉下！但願兩方都粉身碎骨！從那殘骸粉塵中，或許能浮現……」

「什麼呢？親愛的先知？」

「我不知道……要界定出是什麼，大概是這個世紀的最後一場冒險。突然間，我懂得了那些想剷平圍牆的人為何憤怒。然後，我覺得這股怒氣有很大的嫌疑。我說的不是那些曾因圍牆飽受痛苦的人，而是在西城，所有那些想要忘記，昔日，曾有一座圍牆抵擋他們的人。再也沒有任何事物阻擋商業學校出身的那些豪門階級。他們終於造就了一條康莊大道！雅典並非富人們誇稱的民主城邦。雅典是我們史上最大的騙局。試著改變它！拉扯，扭曲，破壞它的形狀，再重新塑造！它彈性十足，後來又會恢復原形。城市裡還是會出現奴隸，外來移民，和一小撮支配者。你再也拿它沒辦法，甚至不能再像在斯巴達那樣，以被監禁，被下毒，被驅逐為榮！」

「一切曾經那麼美好，在我們斯巴達這邊！」

「別傻了！別忘了妳對蔑視我們的那個政權發表過多少信仰宣言。當時聽妳說著，我雞皮疙瘩都起來了！不過，的確，連暴君自己都不知道，他成功地箝制了我們的思想，管束我們對圍牆對面的幻想……」

「我們又開始了……」

「我經常想到柏拉圖的洞穴寓言。人們戴著腳鐐手銬，從小生活在一個洞穴中，背對洞外的光線。晚上，洞外燃起火堆，洞穴的通道有人陸續經過，還有牲畜馱著麻袋和小雕像。移動的影子映在洞穴底部的牆上。對重鐐犯們來說，唯一反映『真實』的就是這些影子。有一天，一個男人逃了出去。他體悟到影子並不代表真實。但其他人不願意相信他……這些鐐刑犯，就是我們。」

莫爾凡一口氣講完。現在，他等待回應，明知道等不到。頂多，他只會摘到她一朵疑惑的微笑。過去她經常展現這種笑容，大生帶著一股優越感，笑看她決定以嘲諷相待的人們，和那些爭論各世界合法性的人。說著那漫長的獨白時，他沒有看她，沉浸在自己的思緒裡。直到現在，他才凝視克拉拉。這幾秒鐘內發生了什麼事？只因莫爾凡出現，就讓她重新披戴上「作戰行頭」？如今的克拉拉可完美詮釋那種亮出珠寶，濃妝豔抹的女人，然而她沒有配戴任何首飾，也不需施粉化妝。她陷入沉思的姿態，動也不動，靜置在人群之中，她剛受到更大一級的震撼。她雙眉緊皺，眼眸意興闌珊地懸著。

那天是十月四日，紀念日。多年前的這一天，在西城，他去聽她的音樂會，那是分離了好幾個月後，首次再度看見她偎傍小提琴的側影。現在她正對著他，沒有小提琴，身後是城市的剪影。在克拉拉．巴寧和莫爾凡之間，時光頒布了特赦令。然而某種事物，宛如沼澤地上回流的河，沉積滯留，見證著他們的往日舊情。化石般的熱情。一堵幾乎沒有破損的牆持續蜿蜒在兩人之間。忽然，莫爾凡發現自己的左手還拿著〈D小調協奏曲〉的樂譜。他把樂譜遞給她。兩人後方，灰色的屋頂層層疊疊，遠處，大雨之下，曾是西城天際線的位置水氣瀰漫。

靜默令她氣惱，她看看手錶，露出抱歉的神情：「人家在等我。」她站起身，用專業手勢遞給他一張名片，然後擁別，留下他一個人。有那麼幾秒鐘，他目送克拉拉走到出口後下坡潛入城市。那眼神既專注又茫然，一如被從座臺拔下，棄置在倉庫裡的那些雕像，枯等著哪一天卡車會來把它們載走。

莫爾凡呆呆地這麼過了幾分鐘。一陣寒風從平地吹上山頂。從高處眺望，城市與圍牆還在時的面貌一樣。蒼老的臉上少了一道皺紋，僅此而已。

現在輪到他站起身，往外走。患了失憶症似的。灰暗的天空下，他沿著諾文路下坡，然後右轉，進入吉哈東街。不再有警衛崗哨，亦不復見總部區……但遲緩昏沉與寂靜依然。突然間，某種事物讓他停下腳步。多少個月以來，他來從未曾走到這麼遠。左方，幾格階梯吸引了他的目光。這裡是霧之小徑，落葉滿地。克拉拉再度現身讓他一時忘了那些無所謂！和失落沮喪。彷彿特洛伊戰爭中的諸神，眨眨眼，他從一個事件穿越到另一個事件。他又變回一個如今已遭吞滅的國家裡的大作家，被一名小提琴獨奏家的肉體俘虜。

他失憶了嗎？就算喝下整條忘川，他也無法忘記，幾分鐘之前，有人騙了他。現在，他來到了徒然莊前方。身為大作家的他顫抖不已。莊園已歸還給原來的地主們。幾個鑄鐵字已被拔除。莫爾凡愈想愈糊塗。他必須再次進屋去，重走一次克拉拉在一個陌生人的陪同下曾走的那段路。那是某個秋天的傍晚或深夜，五年以前。應該要前往地下室，挪開書架，鑽入廊道，直到藏匿手稿的祕密地點。後來發生了什麼事？在克拉拉身邊那個男人究竟是誰？或許，有了這些條件，莫爾凡能找出真相……塞拉諾回美洲老家好幾年了，應該要找出他的蹤跡，好請他作證……太多事在太短的時間內發生，影響了太多人，說穿了就是這樣。就連他，莫爾凡，熟知安排人物出場的藝術，面對這個謎題，也依然束手無策。而每個流逝的時辰皆帶走許多毀損的文件，以及被死亡剝奪了發言權的證人。

莫爾凡朝徒然莊再望最後一眼。他繼續往半環狀的朱諾大道走，走向雷安德莊，也就是過去頭號人物避暑的別莊。面對昔日的情婦（叛婦這個字眼同時浮現腦海），他什麼也沒說。他本想去瞭解，去探知她的一切，而她卻不經意地說出了那個構成犯罪的句子：「莊園根本進不去。我完全沒辦法嘗試去拿取手稿。」那一瞬間，震驚之下，他差一點狂喊起來。他依舊不懂那時是哪來的惰性阻止了他。但現在，他慶幸自己什麼也沒說。

夜幕低垂。作家在往下通到勒皮克街的階梯上坐下。面對點亮層層燈火的城市，他憶起找回手稿那一天。那是好幾個月以前的事了，新的情報部門終於處理完漫長的程序。他被帶到用水泥牆封死的地窖裡。一層層架子上，沉睡著各種敍事，人物，以及整體制度改造的計畫報告。他在那裡度過了六個小時，這整段時間中，直到最後一秒，他都十分懷疑是否能找到。然後，突如其來的，莫爾凡認出一綑熟悉的事物，獨自一個人，在六十瓦的燈泡下縱情狂喜。「這真是奇蹟！」而他一直都相信奇蹟……圍牆倒下後不久，新的領導團隊直接「重新召喚」他。回鄉後，只要尚未找回手稿，莫爾凡就一刻不得閒。他曾回到徒然莊，請求進屋，並獨自在那裡待上一會兒。書籍被挪開，石塊被推落；他拿著手電筒奔跑，而到了那裡，目瞪口呆：空空如也……隔天，他的第一個行程就是去拜訪女管家。從她那裡，他得知克拉拉和一個中年男子曾去找她，大約是在圍牆倒下前兩個月。她把通往廊穴和找出手提箱的方式都講解給他們聽了。但是後來，她就再也沒有過他們的消息。

在積滿塵埃的檔案堆中搜尋了六個小時，莫爾凡在編號「M52」的架上找回了他的手稿，彷彿遺落在仙后座的一個星團，埋在某個紙箱底部……難能可貴的文字，陰森森的地穴！莫爾凡簽了一份終止委任狀，以人格保證這份手稿是他的，又填了一份表格，注明他的地址。直到辦完這些事，他才回到地面，重見天日。離開那個區域後，他走進了一家咖啡店，找了最裡面的位置，初次瀏覽那綑紙頁。總共有多少頁？一千兩百？還是更多？

他簡直不敢相信。為了確保安心，他著手快速檢查是否沒有缺頁。寫作的那些夜裡精雕細琢出的星星都還在。在他迅速翻閱之時，一個牛皮信封掉落地上。他並不記得曾在稿子裡夾入這樣東西。他拆開信，讀了起來。是他不認識的字跡。

「萬一我把稿子交給塞拉諾大使的企圖宣告失敗，致找到這份手稿的小姐或先生：這部文稿於十一月十二日到十三日的夜裡在作家R・莫爾凡的家中尋得，必須盡一切可能的方式把它送到圍牆另一邊。愈快愈好。

我正準備出發，在一場音樂會開始前，把稿子擺在一位小提琴家的休息室。

接下來，該發生的就會發生，已不是我所能管控。

這些年來，我不懂得如何推敲事理。每次該有意見，決定該選這個字還是那個字時，我總猶豫再三。每一次，當我找到方法去列出通常具有同等價值的兩種對立思想，在心中的天平上，這兩種想法總旗鼓相當。並非因為我不懂得思考；但某個想法和其相反論點同時令我著迷，我在兩者之間左右為難，搖擺不定。我的中立精神下不了任何決定，只會隨波逐流。我欽羨那些思想堅定，行動果決的人。他們總有本事選擇一種意見，捨棄另一種；選中這個女人而非她旁邊那個，對我來說，這種能力始終非常神祕。採取實際行動總讓我暈頭轉向。我深信，其實，我大部分的同輩都是跟屁蟲。他們或直接剽竊或換個說辭，大談自私護短或有利可圖的思想。他們互相邀請，參加人類社會的假面舞會。誰在想什麼，早就沒有人知道。每個人都在假裝。

很長一段時間，我想和他們一樣。我發動鬥爭，對付某個被認為有害的作家。一個星期又一個星期，我搜索著一份手稿，懷疑它是否存在。而現在它在這裡。

當時，我本決定不對手稿之作者做出任何讓步。我對那位作家的想法，與其他所有事情一樣，有雙重價值。在心中的某個角落，我認為他是現成的叛徒，活生生的恥辱；但同時，他又是遠離專制的避風港，自由人類的北極星。自由人，他當之無愧，並阻止我們沉淪。

因此，無論在東城或西城的某些法庭上，我都能為正反雙方辯護。我發誓，我是認真的。

那麼，我怎麼會走上『改宗』這條路？要詳述其起源與演變恐怕會說得太長，太令人厭倦。那些讀過的信，一名偶遇的女子也許助長了這件事。我這才明白為何莫爾凡喜歡在風暴時期反覆強調：『美必將拯救世界。』

萬一我失敗了，而這份手稿很幸運地落入好人手中，請盡快讓它穿越圍牆。那堵牆切斷了我們的精神，我們在明暗兩區之間的人生。把稿子交給作家之時，請告訴他：在拯救書稿的過程中，克拉拉．巴寧扮演了重要的角色。」

信末的簽名寫著：**貝納．諾維爾**。這個見鬼的陌生人到底是誰？

手稿安睡在一個資料夾內。資料夾的反面貼了一張建檔資料，日期為圍牆即將倒下的那個月初。根據上面所寫，這份文字是R．莫爾凡親筆，是在塞拉諾大使閣下的車上找到的。多虧一名告密者可靠的消息。安全部門展開調查，以判斷為何一名外國使節會擁有這份稿子。由於接下來的幾個星期的騷動期間發生了那麼多其他事，調查只能進行到此。一座高牆倒下，然後一如班圖王國的擴張，西城併吞了東城。一種新的思想，粗暴且致人於死，在世界大行其道，並抹去所有痕跡。歷史並不屬於這片大地上的受苦者。

一九九六年六月——二〇一一年十二月

1 一九四〇年春天，蘇聯在卡廷森林對二萬多名波蘭軍官進行集體屠殺，卻一口咬定是德國納粹所為。波蘭歷屆由蘇聯扶植的共產黨政府皆默認此說法。一九八九年，波蘭的非共產主義聯合政府宣布蘇聯罪行。直到一九九〇年，戈巴契夫才承認，但仍拒絕公開檔案。二〇一〇年，波蘭總統應俄羅斯總理普丁之邀，前往莫斯科參加追悼卡廷大屠殺七十週年，卻連同多名政府機要官員墜機身亡。電影《愛在波蘭戰火時》訴說的即是此屠殺事件。

2 négationnistes是指否認二戰期間曾經發生猶太人大屠殺者，他們的論點經常傳達出最後解決方案並沒有要屠殺猶太人，只是要將猶太人驅逐出第三帝國，否認者並不認為自己在否認，而是一種歷史修正主義。créationnistes可譯成創造論者或神創論者，據說第一個使用這個名詞的是達爾文，用來指稱那些批評演化論的人。

3 阿爾巴尼亞流亡詩人、小說家、二〇〇五年擊敗大江健三郎、格拉斯、納布吉、昆德拉和馬奎斯五位諾貝爾獎得主，獲首屆布克國際文學獎。主要作品有《破碎的四月》、《亡軍的將領》等。其作品被譯成三十五種以上的文字，出版了六三七種以上不同版本。臺灣有先覺出版的《慾望金字塔》。

4 阿爾巴尼亞勞動黨總書記，於一九四六年宣布成立阿爾巴尼亞社會主義人民共和國，掌權四十年。

5 俄羅斯詩人，一九五八年以《齊瓦哥醫生》獲得諾貝爾獎。

6 中古世紀吟遊詩人流傳下來的法蘭西史詩，歌頌英雄戰鬥犧牲的事蹟，常為了誇大渲染騎士精神而改編史實。

7 伊菲珍妮雅（d'Iphigénie）是邁錫尼國王阿格曼儂的長女，因為阿格曼儂捕獵一頭鹿吹噓自己得罪狩獵女神阿特彌斯，因此阿特彌斯讓海浪平靜無法航行，透過祭司預言需要獻祭伊菲珍妮雅才能平息神怒，伊菲珍妮雅同意接受，卻在被行刑時消失無蹤。這個希臘神話從優里皮底斯開始就不斷被重寫，德國歌德與法國拉辛都曾改寫過這個神話。

8 莫爾凡（Morvan）這個名字也是法國的一個地區名，位於勃艮地。該地區的比布拉克特（Bibracte）最早是凱爾特高盧人的居住地，並在在博夫雷山（Mont Beuvray ）建築堡壘。西元元年前後，在高盧戰爭中，當地的埃杜維人（Éduens）與凱撒結盟，成為羅馬的友邦。

9 希臘神話中埃及王——達那俄斯（Danaus）與多數的情人或妻子所生的五十個女兒的總稱，其中四十九人因聽從父令殺夫而被懲罰在地獄最底層進行永無止盡的不可能任務：挑水填滿無底水缸。

10 傑歐芳夫人（Mme Geoffrin）、妮儂・德・隆克洛（Ninon de Lenclos）、茱莉・德・雷皮納

斯（Julie de Lespinasse）、史庫德利小姐（Mlle de Scudéry），這幾位皆為法國十七、八世紀的沙龍女主人。

11 Les catilinaires。指西塞羅於西元六十三年擔任執政官時所發表的四篇演說，駁斥克提林的陰謀。

12 丹東（Georges Jacque Danton），法國政治家，法國大革命領袖之一，由於善於雄辯，被稱為「平民演說家」。

13 但丁（Dante），著有長詩《神曲》。此作原文直譯為《神界喜劇》（*La divine comédie*），巴爾札克受其啟發，寫下由一百三十七部作品組成的《人間喜劇》（*La comédie humaine*），反映當時的法國社會。

14 俄國小說家瓦西里·格羅斯曼（Vassili Grossman）的代表作。以二戰轉折之役史達林格勒保衛戰為題材的長篇巨著。因為深刻地揭露和批判了史達林的極權主義，並且將其與納粹主義相提並論。書稿完成後未來得及出版即被克格勃「逮捕」，從此成為「禁書」，被宣告「兩百年後也不可能出版」。格羅斯曼將兩份書稿藏於友人處，至死前皆未能見此書付梓。直至一九七四年，書稿在前蘇聯氫彈之父薩哈羅夫（一九七五年諾貝爾和平獎得主）等人的幫助下被偷渡運出，在瑞士出版。

15 廣場名。蘇俄政府遷都莫斯科後情治單位「契卡」（CHEKA全俄肅反委員會）、國家安全委員會（KGB，又稱「克格勃」）所在地，現設有俄羅斯聯邦安全局（FSB）總部。

16 艾芬・艾特金（Efim Etkind，1918-1999），俄國語言學家、作家及文學理論家。曾合著主編俄國文學史，將普希金的詩作翻譯成法文。

17 影射卡夫卡小說《城堡》裡神祕但無處不在的最高行政官員。

18 此句大意為：「只有等，苦苦地等！」

19 根據聖經記載，約書亞帶領以色列人用七天吹七隻羊角攻陷耶利哥城。進入迦南應許之地。

20 馬拉（Marat），法國大革命時期著名的活動家和政論家，經常攻擊在巴黎國民制憲議會中最具影響力的當權派，為躲避追捕，長期躲在巴黎的下水道，加劇了他的慢性皮膚疾病（可能是皰疹樣皮炎）。為了減輕病痛而不影響工作，他每天泡在帶有藥液的浴缸中工作。

21 內瓦爾（Nerval），法國詩人、散文家和翻譯家，浪漫主義文學代表人物之一。

Parij——參與一場用文學挑戰歷史的實驗

陳太乙

PARIJ。來自烏拉山脈到窩瓦河一帶，歐洲最遠端的士兵們用這個字指稱這座古老城市東北側那半邊。Parij，標示看板上，「j」所代表的西里爾字母，「Ж」，六隻長觸爪遙遙伸展，伸向城市的四面八方，甚或更遠。在貫穿全城的圍牆另一邊，這座城的名稱並不全然相同，僅差一個字母，最後那個。一個子音驅除了六隻觸爪。

時值一場以冷為名的戰爭之末期。

Parij就是Paris，巴黎。

這是我翻譯的第三本菲耶小說，又一部精采的作品。他的書寫常以現實細節為基調，蘊藏各種層次的含意，並採用跳躍的敍述手法，融入不同敍事者的觀點及心理，每每是真實與想像的碰撞。翻譯時，免不了查找大量（冷僻的）資料，反覆推敲拿捏文句口吻，每一次都是苦戰，卻也是享受，因為菲耶總能讓我在工作的同時保持閱讀、求知與再創作的樂趣。最難得的是，即使有點冷門另類，出版社仍很有意願繼續引介這位法國當代少見的中短篇小說家，我為自己和讀者深感幸運。

「菲耶的作品是哪些特質吸引妳？」我問衛城總編輯莊瑞琳。

「孤獨，以及存在的不可溝通性。」詩人回答。

能夠如此一針見血，果然是真愛！而就衛城的出版風格仔細想想，這也不是偶然。《Parij》，菲耶這部早期的小說，呈現的正是一個城市中不能溝通的兩個區域：一邊盡情展現輝煌光明，另一邊深陷恐怖幽暗；一邊不在乎分裂，另一邊念茲在茲要統一。

架空歷史（Uchronie）向來是菲耶的拿手好戲：移花接木，錯置時空，造成某時某地曾發生的某事件發展出現「短路」，藉此探討某些特定題材。但他不預設立場，並非為了客觀，而是比記者或史官更甚的，以一種近似科學家的精神，推測控制變因下的各種現象，反應，可能性。為了這次的實驗，他把柏林圍牆搬到了巴黎。

這樣的設定讓我不禁想起一九七〇年代的一部法國諷刺喜劇片《巴黎紅禍》（*Les Chinois à Paris*）。那是一個中國解放軍占領巴黎的虛構故事，左手自嘲法國人各種淫亂貪婪的醜態，右手諷刺中國在文革時期完全封閉愚昧的蠢相。情節與演出極盡誇張之能事，其中一段樣板芭蕾舞《卡門》堪稱經典，令人拍案叫絕。但那個荒謬的結局更在我腦中揮之不去：前來解放花都的中國紅軍反被花花世界腐化，連指揮官自己也淪陷，悔恨交加地打遠洋電話哭求中央委員會放棄巴黎，連夜撤軍。而紅禍退去後的首都，唉，原形畢露。

他倚在窗邊，駐足良久。藍寶石的夜空下，西城燈火輝煌。沿著樓房設置的巨幅霓虹廣告閃爍，面板上，靛藍，朱紅或土耳其藍的光點輪流播放宣傳標語。「西城塗上了口紅，攔道阻街，賣起身來……」

那部電影裡的巴黎有一絲相似小說裡的西城，像一具光鮮亮麗的空殼。《長崎》和《三境邊界祕話》的讀者應該感受得到：菲耶筆下的城市和地域其實皆扮演著不同於人物的重要角色，自有其個性，而且個性會說話。而在《Parij》中，很明顯的，擁有靈魂的是東城——那裡有極權主義與恐怖統治壓迫出的文學與音樂，不是樣板，而是藝術；還有曾是巴黎公社基地之一的蒙馬特，以及為紀念被同胞屠殺的兩萬到五萬甚或更多的巴黎公社成員而興建的聖心堂。

翻譯時，為了釐清東西兩城的分界，我曾嘗試製作一份本小說專屬的Parij地圖，除了標示書中提及的地點，看看沿著塞納河築起的圍牆兩岸如何壁壘分明以外，也順便追隨人物們的足跡，跟著菲耶這位嚮導，巴黎走透透。於是我常花許多時間在Google地圖上流連神遊，甚至打開瀏覽街景功能，把那個黃色小人抓進秀蒙丘公園，按照書中的路線，亦步亦趨的，越過自殺橋，循石階爬上山頂的神廟亭，又下山到橋口岩壁下方的湖閣餐廳……

書中三位主人翁皆來自東城：被放逐到西城的諾貝爾文學獎得主，他的情婦小提琴家，介入兩者通信的郵務審查員。他們皆想找出大作家的一份傳奇手稿。

除了前述的疏離不可溝通，菲耶還有另一個重要的創作主題：「消失」。他把「消失」寫得千變萬化，令我百讀不厭，且深刻感受到那種「明明該在卻不在」或者「看似不在其實真切」的存在。《Parij》中亦有多種消失，比方說，那份手稿。讓頭號人物深感威脅，權力單位認為威力足以瓦解東城，非要找出來銷毀不可的手稿，在大作家本人的腦中卻已不復記憶，幾乎蕩然無存。再比方說，巴黎這座城。頭號人物無法統一分裂的兩邊，竟想出無比瘋狂的點子，下令搬遷東城，移地原樣打造一座完整的新巴黎：於是，巴黎眼看著即將因重建而消失……

多少死人因而被打擾！遷移整座拉雪茲神父公墓！……他想像，深夜裡，一列列挑夫默默擡棺材的場景。第二次的葬禮，埋入人造丘陵的土裡。大樹橫躺在長拖板上，用大卡車載運，而所有樹木還必須經過事先修剪。那是一座被剷平殆盡的城市，在北方重新生長。這一切純粹只能是文學構思，因為很快的，一切都會站不住腳。如何將霧之小徑和它秋日的氤氳移植到那裡？如何移植小丘歷史悠久的每個世紀，採石場和長達幾公里的地下廊道？如何重造拉雪茲神父公墓，墓園裡的十字架和老樹？還有城市的芬芳：每條大道、市集、春意瀰漫的廣場，這些地方各自的氣味，如何輸出到那裡？

啊！先前我辛苦標示，逐漸成型的Parij地圖，原來也不過是另一種形式的複製，是一場沒有靈魂的紙上談兵，無中生有，白費力氣，Peine perdue。男主角在東城的屋子取的正是此名，我譯為「徒然莊」。龐大的製圖計畫於是懸宕在那裡，弱弱地證明或者嘲笑譯者曾經的努力。但是，多虧這徒然一場，我頓時醒悟：色不異空，空不異色；色即是空，空即是色。在架空的歷史上若只著於一相，豈不違背了菲耶的基本實驗精神？

比方說，「réunification」這個字，根據小說的情境與情節發展，譯為「統一」，應該沒有什麼爭議，我也順理成章地採用了。然而，其他翻譯選項提供了我別種閱讀邏輯，啟發我去猜疑菲耶創作時是否也懷著製造多種理解可能的意圖。

想像一下，若是把「統一」改成「合體」呢？或者「合併」？

一場洪水讓不可溝通的兩方產生了短暫接觸。眾人假裝忘記遷城動土的期限將至，西城的泥沙夾帶蘇格蘭威士忌酒瓶漂入東城，洶湧高漲的湍流勾起窩瓦河士兵的鄉愁……可不是嗎？羅蘭·巴特說過，巴黎不曾淹水，只是過了一次節（《神話學》）。

據說菲耶本人亦十分關心《Parij》何時會在臺灣出版上市。是否因為在他心目中，臺灣多少仍像東西柏林中的西柏林，南北韓中的南韓，東西巴黎中的西巴黎？照理說，這部小說必然得到臺灣書市關注，畢竟，書中談的應該是能引發本地讀者共鳴的話題……在初版問世那一年，一九九七，整整二十年前，安然度過九五年閏八月，完成九六年首次總統直選的小島，是否會熱烈看待這本書？今日又如何呢？或許反而會令人感到隱隱的不安？是的，隱晦不安的氛圍又是菲耶的另一個強項，因為他要說的從來不是表面所看到的那麼簡單：

如果東西巴黎果真那樣壁壘分明，這小說還有什麼好看？

以歷史為背景的小說，隨著時代、情勢、立場等變因的鬆動，虛構與現實的對立逐漸模糊，必然將有新的解讀；而歷史，無論架空與否，也可能被重新詮釋，另闢蹊徑……政治意識形態以外，《Parij》這場實驗，在你我的參與之下，不知不覺中，似乎已發展出一套文學與歷史價值的相對論。

（本文原刊登於OpenBook閱讀誌，為法語譯者協會與OpenBook聯合策劃，感謝同意收入本書。）

線 書系
住在故事裡 16

巴黎

Parij

作者	艾力克・菲耶（Éric Faye）
譯者	陳太乙
總編輯	莊瑞琳
封面與內頁繪圖	楊鈺琦
封面設計	陳永忻
內頁排版	宸遠彩藝

社長	郭重興
發行人兼出版總監	曾大福
出版	衛城出版
發行	遠足文化事業股份有限公司
地址	23141 新北市新店區民權路 108-2 號九樓
電話	02-22181417
傳真	02-86671065
客服專線	0800-221029
法律顧問	華洋法律事務所 蘇文生律師
製版	瑞豐電腦製版印刷股份有限公司
初版	2018 年 11 月 14 日
定價	380 元

填寫本書線上回函

巴黎 / 艾力克.菲耶(Eric Faye)作 ; 陳太乙譯. -- 初版. --
新北市 : 衛城出版 : 遠足文化發行, 2018.11
面 ;　公分. --(線書系 ; 16)
譯自 : Parij

ISBN 978-986-93518-8-1（平裝）

876.57　　106003998

ACRO POLIS
衛城出版

Email　acropolis@bookrep.com.tw
Blog　www.acropolis.pixnet.net/blog
Facebook　www.facebook.com/acropolispublish

● 親愛的讀者你好，非常感謝你購買衛城出版品。
我們非常需要你的意見，請於回函中告訴我們你對此書的意見，
我們會針對你的意見加強改進。

若不方便郵寄回函，歡迎傳真回函給我們。傳真電話 —— 02-2218-1142

或上網搜尋「衛城出版FACEBOOK」
http://www.facebook.com/acropolispublish

● 讀者資料

你的性別是 □ 男性 □ 女性 □ 其他

你的職業是 ____________ 你的最高學歷是 ____________

年齡 □ 20 歲以下 □ 21-30 歲 □ 31-40 歲 □ 41-50 歲 □ 51-60 歲 □ 61 歲以上

若你願意留下 e-mail，我們將優先寄送 ____________ 衛城出版相關活動訊息與優惠活動

● 購書資料

● 請問你是從哪裡得知本書出版訊息？（可複選）
□ 實體書店 □ 網路書店 □ 報紙 □ 電視 □ 網路 □ 廣播 □ 雜誌 □ 朋友介紹
□ 參加講座活動 □ 其他 ________

● 是在哪裡購買的呢？（單選）
□ 實體連鎖書店 □ 網路書店 □ 獨立書店 □ 傳統書店 □ 團購 □ 其他 ________

● 讓你燃起購買慾的主要原因是？（可複選）
□ 對此類主題感興趣 □ 參加講座後，覺得好像不賴
□ 覺得書籍設計好美，看起來好有質感！ □ 價格優惠吸引我
□ 議題好熱，好像很多人都在看，我也想知道裡面在寫什麼 □ 其實我沒有買書啦！這是送（借）的
□ 其他 ________

● 如果你覺得這本書還不錯，那它的優點是？（可複選）
□ 內容主題具參考價值 □ 文筆流暢 □ 書籍整體設計優美 □ 價格實在 □ 其他 ________

● 如果你覺得這本書讓你好失望，請務必告訴我們它的缺點（可複選）
□ 內容與想像中不符 □ 文筆不流暢 □ 印刷品質差 □ 版面設計影響閱讀 □ 價格偏高 □ 其他 ________

● 大都經由哪些管道得到書籍出版訊息？（可複選）
□ 實體書店 □ 網路書店 □ 報紙 □ 電視 □ 網路 □ 廣播 □ 親友介紹 □ 圖書館 □ 其他 ________

● 習慣購書的地方是？（可複選）
□ 實體連鎖書店 □ 網路書店 □ 獨立書店 □ 傳統書店 □ 學校團購 □ 其他 ________

● 如果你發現書中錯字或是內文有任何需要改進之處，請不吝給我們指教，我們將於再版時更正錯誤

____
____
____
____
____

廣 告 回 信
板橋郵局登記證
板橋廣第1139號

請直接投郵•郵資由本公司支付

23141
新北市新店區民權路108-2號9樓

衛城出版 收

● 請沿虛線對折裝訂後寄回，謝謝！

ACRO POLIS 衛城出版

綠 書系
住在故事裡

ACRO
POLIS
衛城
出版

ACRO
POLIS
衛城
出版